Irene Beddies

C'est la vie

Kurzgeschichten

Bibliographische Informationen der Deutschen
Nationalbibliothek:

Die deutsche Nationalbibliothek verzeichnet diese Publikation
In der Deutschen Nationalbibliographie;
Detailierte bibliographische Daten sind im Internet über
http/dnb.dnb.de abrufbar.

2017 Irene Beddies

ISBN 9783744818780

Herstellung und Verlag:
BoD – Books on Demand, Norderstedt

Neuanfang

Vor langer Zeit, als der dauernde Krieg die Länder verwüstete, saß ein kleines Mädchen reglos auf der Schwelle eines ausgebrannten Bauernhauses. Es sah verwahrlost aus, hatte keine Schuhe und nur ein dünnes, geflicktes Kleidchen an. Die Haare hingen ihm wirr ins Gesichtchen, das mit Schmutz und Asche beschmiert war.

Ein ausgedienter Söldner mit einem Holzbein kam an der Ruine vorbei. Im letzten Moment bemerkte er das Kind, das ausdruckslos vor sich hin starrte.

Er legte seine Krücke ab und hockte sich zu ihm nieder, so gut es ging, und betrachtete es ernsthaft.

„Kleine, hast du Hunger?", fragte er mit so viel Mitleid, wie er in diesen grausigen Zeiten aufbringen konnte. Das Mädchen schaute ihn verständnislos an, als ob es aus einem Traum erwachte. Der Mann wiederholte seine Frage. In den Augen des Kindes glomm etwas wie Verstehen auf.

„Ich bin Friedrich", stellte sich der Mann vor, „und wer bist du?"

„Ich heiße Rosi", flüsterte das Kind ängstlich. „Ich soll nicht mit Fremden sprechen, sagt meine Mutter." „Und wo ist deine Mutter?" „Sie ist tot und mein Vater ist im Krieg irgendwo." „Dann bist du hier also ganz allein?"

Rosi guckte sich suchend um. „Meine Oma. . .", begann sie, „meine Oma war gestern noch da." „Und nun ist sie fort?"

Rosi nickte und verfiel wieder in ihre Starre.

Friedrich sah, dass er aus ihr nicht viel mehr an Information herausholen konnte. Er richtete sich mühsam wieder auf und tastete sich vorsichtig in das verfallene und verbrannte Haus. Überall lagen Trümmer des Daches in der Asche. Möbel waren kaum welche da, auch sie zeigten Brandspuren.

In einer Ecke musste ein Bett gestanden haben. In den Resten fand er die Leiche der Großmutter. Die durfte das Mädchen auf keinen Fall sehen.

Er kehrte zu Rosi zurück, die immer noch wie in Trance in derselben Stellung hockte, wie er sie verlassen hatte. „Komm, wir suchen die Oma." Leise berührte er ihre Schulter und half ihr auf. „Wir suchen sie im Wald", schlug er vor. Rosi nickte teilnahmslos, ließ sich aber an die Hand nehmen. Gemeinsam verließen sie den Ort des Grauens.

Als sie über eine Wiese kamen, spürte Rosi das weiche Gras unter ihren nackten Füßen. Verwundert blickte sie auf. Sie sah, dass die Sonne schien, hörte eine Lerche jubilieren und fühlte ihre Hand in der Hand Friedrichs. Zum ersten Mal nahm sie den fremden Mann richtig wahr. Rosi entsetzte sich über sein Holzbein, so etwas hatte sie noch nie gesehen. Sie nahm auch die Krücke wahr, auf die der Mann sich stützen musste, um weiterzukommen. „Wie kommt das Holz an dein Bein?", fragte sie schüchtern. „Mein Bein wurde verwundet, als wir eine Stadt eroberten, es wurde krank. Da hat einer einfach ein Stück abgesägt. Es heilte an der Stelle, und so bin ich am Leben geblieben. Nun will ich in meine alte Heimat. Du kommst mit mir, wenn wir die Oma nicht finden. Allein kannst du nicht bleiben."

„Oma ist doch im Wald", meinte Rosi. „Ja, ja, wir werden sie sicherlich finden", tröstete Friedrich sie, als er sah, dass sie weinen wollte. „Komm, wir müssen weiter."

Am Beginn des Waldes floss ein Bächlein entlang der Wiese. Friedrich setzte sich auf einen Baumstumpf, Rosi kauerte sich ins Gras. Beide waren durstig und schöpften Wasser, das sie aus den hohlen Händen tranken. Etwas zum Essen hatten sie nicht. Da raschelte es neben ihnen. Blitzschnell griff Friedrich zu und hatte eine Maus gefangen, der er das Rückgrat brach.

„Noch mehr von ihnen, und wir haben eine kleine Mahlzeit", meinte er zufrieden und steckte sie in eine Tasche seiner Jacke. Rosi schaute ungläubig, sagte aber nichts.

So gingen sie in den Wald. Zunächst führte noch ein Weg hinein, der aber bald unter Pflanzen und abgestorbenen Ästen verschwand. Nun ging es nur mühsam voran. Der Mann schaute sich überall um, ob er nicht etwas Essbares finden konnte. Manchmal bückte er sich und pflückte ein paar Blätter oder kratze eine Wurzel aus dem Waldboden.

Am späten Nachmittag kamen sie an einen uralten Baum, dessen Stamm innen hohl war. „Halt, hier bleiben wir für heute, hier haben wir ein Dach über dem Kopf." „Und Oma?" „Tja, nach Oma müssen wir dann morgen schauen, wenn die Sonne aufgeht."

Friedrich sammelte mit Rosi Holz, das sie zu einem kleinen Stapel aufschichteten. Sie sammelten auch tote Blätter, die sie in die Höhle im Baum als Unterlage für die Nacht streuten. Der Mann zündete ein Feuer mit Hilfe von den Feuersteinen an, die jeder im Haus oder in seiner Tasche hatte. Als es verlöschte, legte er die Dinge darauf, die er im Laufe des Weges gesammelt hatte. Viel war es wahrlich nicht, aber ein wenig konnte es den ärgsten Hunger vertreiben. Danach krochen sie in ihren Unterschlupf.

Rosi fiel schnell in tiefen Schlaf, Friedrich aber verließ das Versteck bald darauf und legte in der Umgebung Schlingen aus. Er war darin geübt, er brauchte nur eine Schlinge jeweils aus Efeuranken zu binden. Danach begab er sich ebenfalls zur Ruhe.

Am nächsten Morgen weckte Rosi ein betörender Duft nach gebratenem Fleisch. Der Platz neben ihr war leer, aber sie hörte ein unterdrücktes Pfeifen, das wie ein Lied klang, das sie kannte. Friedrich hatte ein neues Feuer entzündet und einen Hasen, der sich in einer der Schlingen verfangen hatte, gebraten.

Tage und Wochen vergingen auf diese Weise. Friedrich mied die zerstörten Dörfer mit den verwilderten Überlebenden und hielt sich an die Wälder und verödeten Felder. An die Oma dachten beide schon lange nicht mehr. All ihre Kräfte brauchten sie zum Überleben.

An einem Vormittag kamen sie in die Nähe eines Dorfes. Eine Kirchenglocke läutete. Es mussten Leute dort sein, die noch nicht ganz vom Krieg heimgesucht worden waren. Als sie näher kamen, wurde Friedrich plötzlich unruhig.
„Das ist mein Heimatort, Rosi. Hier habe ich gewohnt, als ich so alt war wie du. Mal sehen ob noch Menschen am Leben sind, die ich gekannt habe."
Sie kamen an dem Kirchlein an, als gerade der Gottesdienst zu Ende war. Friedrich musterte alle Personen eingehend, die aus der Kirchentür kamen. Fast niemanden erkannte er wieder. Doch plötzlich stutzte er, schaute genau hin und stürzte, als er sich hastig einer älteren Frau nähern wollte. „Mama", schrie er laut. Die Frau eilte herbei, erkannte in der liegenden Gestalt ihren lange vermissten Sohn und brach ohnmächtig zusammen. Nachbarn brachten beide wieder auf die Beine. Rosi hielt sich im Hintergrund, viele Menschen war sie nicht gewohnt.
Nach der ersten Begrüßung aber sah Friedrich sich um. Auch ihm war die Menschenansammlung unangenehm. Da entdeckte er Rosi, die ganz verloren dastand. „Rosi, komm zu mir, hier ist eine Oma für dich, die dich lieb haben wird."
Seiner Mutter erklärte er die Erlebnisse, die ihn und das Kind zusammengeschweißt hatten. Er wollte fortan ein Vater für sie sein.

Der Kritiker

Sie sah ihn sofort. Da saß er wieder am Kritikertisch, arrogant wie immer. Bella erkannte ihn sofort, obwohl sie nur ihre Lesebrille auf der Nase hatte. Sein Ring mit dem Diamanten funkelte ihr in die Augen, seine feiste Gestalt war unübersehbar. Die Zusammenkunft konnte beginnen.

Zunächst hielt ein junger, dynamischer Literaturprofessor einen Einführungsvortrag über Kriminalromane. Was er vorbrachte, war interessant und sachlich. Dann kam die Kritikerrunde zu Wort. Zuerst wurde der Wirtschaftsspionagekrimi von Enno W. besprochen. Da die Kritiker offenbar von Wirtschaft keine Ahnung hatten, machten sie es kurz und lobten ihn verhalten.
Schon sprang der Feiste auf, sah erregt zu Bella hin und riss das Wort an sich: „Die Stiel" (Bella hieß Stielroder) , röhrte er mit sich überschlagender Stimme, „hat die modernen Zeiten nicht erkannt. In Ihrem mäßigen Werk spielen die menschlichen Umstände des Kommissars keine Rolle: keine Geliebte, keine Ehefrau, keine Kinder, kurzum keine privaten Hintergründe…"
Bella fuhr innerlich hoch, seit wann hatte ein Kommissar ein Privatleben zu haben? Was sollte ihm das bei der Aufklärung eines Verbrechens helfen? Er musste sich hingegen um die privaten Verbindungen des Opfers und der möglichen Täter kümmern! Welche Softieseite vertrat der Fiesling denn hier? Hatte der denn Frau und Kinder? Eine Geliebte? - Wohl eher nicht.

Sie durfte als Autorin nicht das Wort ergreifen. Sie konnte nur hoffen, dass einer der anderen Kritiker ihre Partei ergriff.

Warum griff er sie nun schon zum zweiten Mal öffentlich an, ohne dass er ihren Namen richtig wusste?
Zum Glück hassten die übrigen Kritiker den Oberguru heimlich und verwiesen auf die gute Recherche, den spannenden Aufbau, die gehobene Sprache. Damit endete das Gespräch über ihren Roman. Noch zwei weitere Kimis wurden besprochen, aber Bella hörte nicht mehr zu.

Als Bella nach der Veranstaltung zum Ausgang strebte, legte sich eine Hand schwer auf ihre Schulter. „Stiel, würden Sie mir die Ehre geben und noch ein Glas Wein mit mir trinken?" Das Scheusal!
„Äh, nein, warum denn auch?" „Weil ich mit Ihnen sprechen muss." „Ich aber nicht mit Ihnen!" Damit entschlüpfte sie seiner Hand und wandte sich wieder zum Gehen. Er aber blieb an ihrer Seite, schnaufte und begann: „Ich habe, ich meine…" „Das interessiert mich nicht. Ich will nach Hause." „Darf ich mitkommen?" „Niemals, Sie Scheusal!" „Aber ich liebe…"
Bella rannte, so schnell sie konnte, ein Stück die Straße entlang und sprang in ein vorüberkommendes Taxi.

Seitdem sieht sie ihn manchmal um ihren Wohnblock schleichen und bekommt fast jeden Tag eine Mail von ihm.
Das wird ihr Stoff für den nächsten Krimi über einen Stalker geben. Sie freut sich schon aufs Schreiben und geht mit einem fröhlichen Lächeln durchs Leben.

Der Kommentar

Welche eine Wut! Welch eine Demütigung hatte sie hinnehmen müssen!
Tinki fühlte ihren Puls steigen und ihren Magen sich zusammenkrampfen. Wie konnte der nur! So ein Schuft!
Im Dichterforum hatte ein ihr nicht vom Namen her geläufiger Mitstreiter einen Kommentar zu ihrem so zarten Rosengedicht auf dem Hintergrund eines Fotos von einer gelben Rose geschickt mit den Worten:
„Wer solchen Kitsch veranstaltet, sollte aus dem Forum geworfen werden."
Ihr Rosengedicht Kitsch? Wo alle sie doch immer so lobten!

Tinki rief sofort ihren Musenfreund an und schrie ihm fast ins Ohr, was geschehen war. Er pflichtete ihr bei, dass das eine Unverschämtheit sei und sie darauf geharnischt, am besten mit einem Gedicht, antworten müsse, damit alle im Forum von ihrer Kränkung erfahren könnten.

Als ihre Mutter, wie üblich montags, zu Besuch kam, fand sie ihre Tochter aufgelöst und puterrot am Computer.
„Kind, was ist geschehen?", fragte sie ängstlich. Schluchzend stürzte sich Tinki in ihre Arme. Die Mutter streichelte ihrer Tochter stumm den Rücken. Sie kannte ihre Tochter. Worte waren zunächst sinnlos.
Nachdem Tinki sich ein wenig beruhigt hatte, überstürzten sich ihre Worte bei dem Bericht, was vorgefallen war.
„Du fühlst dich also beleidigt, in deiner Ehre gekränkt?", fing die Mutter an.
„Aber warum denn? Manche Menschen haben eben eine andere Einstellung zu Bildern mit Texten darauf."

„Aber das brauchen sie dann doch nicht zu schreiben!", empörte sich Tinki, „sie ruinieren doch meinen Ruf!"
„Kind, Kind, beruhige dich doch. Einen Weltuntergang bedeutet das doch nicht, wenn einer seine ehrliche Meinung schreibt. Du bist zu empfindlich."

Da war wieder diese Anklage, sie sei ein Mimöschen. Und das von ihrer Mutter!
Tinki schluckte eine Antwort hinunter. Die Mutter lächelte: „So, wie du eben tapfer deine Antwort heruntergeschluckt hast...."
Die Tochter wurde rot. War sie so leicht zu durchschauen? Mütter eben, die konnten das.
„...so könntest du doch auch eine Antwort auf den Kommentar herunterschlucken und nichts sagen oder schreiben."
„Aber das geht doch nicht! Das fänden andere sicher nicht gut. Das ist im Forum nicht üblich. Und die, die nicht antworten, werden nicht geachtet."
„Gibt es keine andere Möglichkeit in eurem komischen Forum?"
„Ja, man kann einen Kommentar löschen...."
„Dann tu das, mein Kind. Das wird den bösen Kommentator sicherlich ärgern....wenn er überhaupt noch an den Kommentar denkt."
„Das tut er bestimmt, und viele werden seine schrecklichen Worte längst gelesen haben. Da kann ich jetzt nichts löschen. Ich m u s s antworten!"
„Dann unterlauf doch den Sinn seiner Äußerungen mit freundlichen und Verständnis heuchelnden Worten."

Ungläubig schaute Tinki ihre Mutter an.
„Wie macht man das? Hilfst du mir dabei?"
„Ja gern. Du musst offenbar im Leben noch so einiges lernen. Menschen, die es vielleicht böse meinen, kann man den Wind

aus den Segeln nehmen, indem man ihnen zunächst zustimmt und den Sinn ihrer Worte nicht ganz zu verstehen scheint. Wer diese Kunst beherrscht, unaufgeregt auf alles zu reagieren, der hat die Oberhand gewonnen. Alle werden dich bewundern wegen deiner Freundlichkeit, Friedfertigkeit, Nachsicht und den verurteilen, der harsche, beleidigende oder ungerechte Worte an dich richtet. Verlass dich drauf."

Und so verfassten Mutter und Tochter einen harmlos klingenden, zustimmenden Text auf die erste Hälfte seines Satzes über den Kitsch. Auf die zweite Hälfte gingen sie nicht weiter ein.
Ein paar Tage später bekam Tinki eine e-mail mit einer Entschuldigung und der Genugtuung des Schreibers, dass sie ihn, den Kitsch betreffend, so gut verstanden habe.

Am Grab

Der laue Wind brachte schon von weitem den Duft der Lilien heran.

Vorsichtig näherte sich Claudia dem anonymen Gräberfeld, an dessen Rand Blumen und Kränze der letzten Beerdigungen abgelegt waren.

Zur Gerds Trauerfeier gestern war sie natürlich nicht gegangen aus Angst, jemand könnte sie kennen und der trauernden Witwe die Wahrheit offenbaren.

Ja, sie war im vollen Wissen um seine Ehe seine Geliebte geworden. Sie wollte keine Ehe, sie wünschte sich jedoch die Geborgenheit, Aufmerksamkeit und Liebe eines Mannes. Sie hatte keine Konflikte gewollt, die kannte sie aus einer früheren Beziehung. Deshalb hatte sie Gerd gebeten, nur zu ihr zu kommen, wenn es absolut sicher war. Auch nach seinem Unfalltod wollte sie anonym bleiben, - jetzt erst recht.

Claudia schaute sich suchend um, ob nicht jemand Schwarzgekleideter am Rand des Urnenfeldes stand. Sie sagte sich zwar, dass jeder glauben konnte, dass sie hier spazieren ging oder einem anderen Toten die letzten Grüße in die Luft hauchen wollte. Aber sicher war sicher.

Viele schöne Kränze lagen auf dem dafür vorgesehenen gepflasterten Platz. Sie las die Grüße auf den Schleifen. Offenbar hatten alle Familienmitglieder und Freunde, von denen Gerd gelegentlich erzählt hatte, gestern an der Feier teilgenommen. Claudia machte schnell ein Foto mit dem Handy, dann ging sie zu einer etwas abgelegenen Bank und setzte sich. Hier ließ sie alle Erinnerungen an ihre gemeinsamen Stunden an sich heran, während sie auf die blühenden Sträucher im Hintergrund blickte und den Gesang von Vögeln in sich aufnahm.

Wie erschrak sie, als ein Mann fragte, ob er sich ebenfalls auf diese Bank setzen dürfe. Auf ihre einladende Handbewegung hin setzte er sich ans äußerste Ende der Bank. Er war noch sehr jung und machte den Eindruck, dass er schüchtern sei. Er sah sie unsicher von der Seite an, sagte aber nichts.
Claudia ihrerseits sah keine Veranlassung, ein Gespräch anzufangen, und gab sich wieder ihren Erinnerungen hin. Plötzlich merkte sie, dass der junge Mann weinte.
„Schsch, nicht doch", sagte sie mechanisch, so, wie man vielleicht ein kleines Kind beruhigen wollte. Er sah sie mit einem kleinen Lächeln an: „Sie sind Claudia, nicht wahr?" „Woher wissen Sie…", murmelte sie. „…weiß es die Familie?" „Nein, ich bin der einzige, der es weiß. Und ich habe mein Wissen nie den anderen verraten. Es war nur zwischen mir und meinem Vater."
„Wie…?" begann Claudia.
Er unterbrach sie: „Ich war siebzehn, als ich einmal unangemeldet in der Mittagspause zu meinem Vater ins Büro stürmte, um ihn um etwas zu bitten. Er saß versonnen auf seinem Stuhl am Schreibtisch und hielt ein Foto in der Hand. Solch weiche Züge in seinem Gesicht hatte ich noch nie gesehen und auch nicht den Schimmer von Glück in seinen Augen. Sie müssen wissen, zu Hause herrscht meist strenge Kühle, meine Mutter und meine Geschwister zeigen nie Gefühle – nicht einmal gegeneinander, obwohl meine Brüder nicht die besten Freunde sind. Ich habe immer meinen Freund Ben beneidet, der in einer Familie aufgewachsen war, in der Freundlichkeit, Vertrautheit und gezeigte Gefühle herrschten." Claudia nickte.
„Ich blickte verwundert auf meinen Vater", fuhr der Sohn fort, „da er das Foto nicht mehr verstecken konnte, zeigte er

15

es mir und gestand seine Liebe. Ich sah, was er in Ihnen sicherlich gesehen und gefunden hatte, und versprach ihm spontan, die Beziehung zu respektieren und das Geheimnis zu hüten. Er sollte sein Glück weiterleben, es sich nicht durch die Familie zerstören lassen. Ich habe das Versprechen gehalten. Ich möchte Ihnen danken für Ihre Liebe zu meinem Vater."

Noch ehe Claudia eine Antwort geben konnte, war er aufgestanden und weggelaufen. Sie sah ihm nach. Und nun konnte auch sie die Tränen nicht mehr zurückhalten. Erst jetzt wurde ihr ihr Verlust so richtig bewusst.

Die Frau im Tempel

Ingela kam, gebückt über ihren Rollator, an die bekannte Wegkreuzung im Wald.

Der Wald war eher ein größerer Park nahe dem Altenheim, in dem sie seit drei Jahren untergebracht war. Die Wege waren gut befestigt, so dass es kein Problem für sie war, dort spazieren zu gehen.

Als sie an der Kreuzung angekommen war, überlegte sie, welchen Weg sie ein Stückchen weiter noch gehen sollte, bis es Zeit war, umzukehren. Sie hob den Blick, um nach dem Stand der Sonne zu schauen, und erstarrte.

Mitten auf der Kreuzung stand ein runder Tempel. Er war erheblich größer als ein Gartenpavillon. Seine Säulen waren aus weißem Marmor. Sein Dach war der blaue Himmel, seine Wände das umgebende Laub der tiefhängenden Äste von Buchen.

Mitten im Tempel saß eine alte Frau auf einem Säulensockel. Sie war in ein dunkles Tuch gehüllt. Ihre Haare waren schneeweiß. Sie lächelte Ingela aus großen blauen Augen an und bedeutete ihr, sie solle näher kommen.

Ingela schob sich mit dem Gehwagen in das Rund der Säulen und blieb der Frau gegenüber stehen, dann drehte sie entschlossen den Rollator um und setzte sich auf dessen Sitz.

Beide Frauen musterten einander einen Augenblick, dann lächelte die Unbekannte.

„Du siehst bedrückt aus", begann die Weißhaarige zu sprechen. „Erzähl mir von deinem Leben"

„Wo soll ich anfangen?"

„Beim heutigen Tag und dann rückwärts."

Ingela kam das alles merkwürdig vor, aber wie unter einem

Zwang fing sie an zu erzählen.

„Ich habe Angst", begann sie „Angst vor der Dunkelheit. Am Tag ist sie verschwunden, aber wenn der Abend kommt, legt sie sich wie eine schwere Decke auf mich."

Die andere nickte verständnisvoll mit dem Kopf, sagte aber nichts.

„Das war nicht immer so. Erst seitdem ich krank war und an den Rollator gebunden, das heißt, seitdem ich im Altersheim untergekommen bin, ist das so. Vorher…".

Und Ingela erzählte vom Tod ihres Mannes, vom Weggang der Kinder, von ihrem Berufsleben, dem Studium, der Schulzeit, der frühen Kindheit. Die Worte sprudelten immer zusammenhängender aus ihrem Mund, immer klarer stiegen die Bilder in ihr auf, je weiter sie in die Vergangenheit blickte. Ihre strengen Gesichtszüge lösten sich, öfter lachte sie auf oder kicherte.

Als sie nicht mehr weiter wusste, bat die Andere sie, sich an den ersten Eindruck in ihrem Leben, den sie behalten hätte, zu erinnern. Lange dachte Ingela nach, dann schnüffelte sie in die Luft und es platzte förmlich aus ihr heraus: „Apfelrosenduft an einem See, wo ich mit meinen Eltern, der Oma und meiner Schwester spazieren ging." Sie lächelte glücklich in ihren Schoß. Es war ihr als berührte eine zarte Hand flüchtig ihr Haar in einem liebenden Streicheln.

Als sie aufsah, war niemand dort. Der Tempel war verschwunden, und sie saß mitten auf der Wegkreuzung im Sonnenschein. Langsam ging sie den Weg zurück zu ihrem Heim.

Am Abend, als es schon dunkel war, strömte Apfelrosenduft durch ihr Zimmer. Sie atmete ihn tief ein. Der Duft begleitete sie während ihrer Verrichtungen, sie roch ihn noch im Bett und schlief ein.

Fortan verließ der Rosenduft ihren Raum nicht mehr, obwohl ihn andere Menschen nicht wahrnehmen konnten. Immer tiefer verkroch sich Ingela in ihm und fühlte sich glücklich.

Anderes nahm sie nach einiger Zeit nicht mehr wahr. Sie war da angekommen, von wo sie ins bewusste Leben gestartet war.

Die Begegnung

Roland war neugierig. Sein Zwillingsbruder Marko hatte ihn geschickt, weil er nicht pünktlich an der Haltestelle sein konnte, um die geheimnisvolle Freundin zu treffen.
Wie konnte Marko überhaupt eine Freundin finden seit seinem schrecklichen Motorradunfall, bei dem seine Hände so verbrannt waren, dass er, Roland, es nicht ertragen konnte, sie ohne Handschuhe anzusehen. Außerdem hinkte Markus, denn die vielen Brüche in seinem verletzten Bein waren nicht mehr richtig zusammengewachsen. Dadurch war Marko menschenscheu geworden.
Roland war wirklich neugierig.

Eine Weile beobachtete er die Haltestelle. Da saß unbeweglich und sichtbar erschöpft eine alte Frau. Sie war groß und trug eine äußerst elegante Jacke, aber gewöhnliche Jeans. Das passte nicht zusammen. Ihr Haar war noch dunkel, ihr Gesicht zerfurcht.
Sonst war niemand in dem Unterstand der Buslinie.
Roland wartete noch einen Bus ab, aber keine Frau, die ausstieg, sah sich suchend um oder wartete. Also ging er auf die Frau zu.

Vivienne fühlte die Hitze unter dem Glasdach. Sie machte sich ganz steif, um gerade zu sitzen. Wo blieb Marko? War ihm etwas zugestoßen?
Unvermutet trat jemand auf sie zu und fragte leise: „Lily-Ann?"
Das war nicht Markos Stimme, aber woher wusste ein Mensch von dem Spiel, in das sie und ihr junger Freund tief eingetaucht waren?

Sie öffnete die Augen und blickte in ein vertrautes und doch fremdes Gesicht. Die gleichen Augen, der gleiche Schnitt der Lippen, dieselben schwarzen Haare, die mit grauen Strähnen durchzogen waren, obwohl Marko noch keine vierzig Jahre alt war. Aber der Blick war fremd. Der Mann musste Markos Zwillingsbruder sein, von dem sie schon oft gehört hatte.

„Ja?", sagte sie fragend.

„Sie sind die Freundin meines Bruders Marko?", vergewisserte sich Roland.

„Ja, wenn Sie mich so bezeichnen wollen...". Sie lächelte schwach.

„Ich soll Ihnen ausrichten, dass mein Bruder eine kleine Weile verhindert ist. Er wird in zehn Minuten dann hier sein."

„Danke für die Nachricht. Ich bin Ihnen sehr verbunden."

In dem Moment hinkte Marko auf die beiden zu. Er nickte in die Richtung seines Bruders und setzte sich ohne Zögern neben die Frau, nahm sie kurz in den Arm und legte eine geschundene Hand in ihre. Roland musste sich abwenden, den Anblick der Hand konnte er nicht ertragen.

Dann aber siegte die Neugier, aus dem Augenwinkel wollte er die Reaktion der Frau sehen. Sie ließ seine Hand ruhig auf ihrer liegen, sie zuckte nicht zurück. Im Gegenteil, sie fuhr ganz sacht mit ihrem Daumen über die Narben.

Beide sagten nichts. Beide lächelten schwach. Sie sahen glücklich aus.

Plötzlich traten Tränen in Rolands Augen. Er konnte seinen verschleierten Blick nicht von den ineinander verschlungenen Händen lassen.

Jetzt begriff er.

Und er schämte sich zutiefst.

Unbemerkt verließ er die Bushaltestelle.

Gehasst – geliebt

An der Bushaltestelle am Friedhof stand ein Wartehäuschen. Selten sah man einen Fahrgast dort warten, aber heute saß ein Mann mittleren Alters auf der Bank und zerpflückte zornig eine rote Gerbera. Dabei murmelte er unverständlich vor sich hin. Sicherlich war es der uralte Magiespruch: „Sie liebt mich, sie liebt mich nicht..."

Der Mann im grauen Anzug sah kaum auf, als sich eine alte Dame zu ihm setzte. Sie sah ihm eine Weile interessiert zu, dann gab sie sich einen Ruck und fragte: „Spielen Sie das alte Spiel?"

Der Mann guckte verwundert die alte Dame an, die er offenbar noch nicht bemerkt hatte.

„Sie liebt mich nicht. Sie ist meine Hölle. Klara hat mein Leben zerstört und meine Liebe mit Füßen getreten."

Er verstummte. Die alte Frau wartete schweigend auf eine weitere Erklärung, wollte den ihr unbekannten Mann aber nicht mit ihrer Neugier oder Anteilnahme verletzen.

Als das letzte Blütenblatt der Gerbera auf dem Boden lag, seufzte der Mann tief: „Sie verfolgt mich Tag und Nacht. Sie tanzt in einem grünen Kleid auf meinem Herzen herum. Sie ist die grüne Schlange und hat sich bis in meine Seele geschlängelt. Dort hat sie ihr tödliches Gift verspritzt."

„Wer ist sie?", wagte die Dame nun doch zu fragen.

„Sie ist meine Geliebte, mein Ein und Alles. Aber Klara hat mir nie vertraut. Ich habe alles für sie getan, habe dabei alles vernachlässigt, um ihr zu Diensten zu sein. Sie hat nur gelacht. Sie hat meinen Lebensmut zerstört. Ich bin ihretwegen im Beruf gescheitert, habe meine Freunde und meine Freude verloren. Nacht für Nacht kommt sie als Nachtmahr und drückt mir das Leben ab. Ich wünschte, ich könnte sie töten, wenn sie nicht schon in ihrem Grab läge – gleich rechts am

Eingang. Ich bringe ihr jeden Tag Blumen mit einem Fluch."
Die alte Dame erschrak und entfernte sich eilig.

Am nächsten Sonntag saß wieder ein Mann im Wartehäuschen, als die alte Dame sich setzte. Er war etwas ärmlich
gekleidet, trug einen Bart und hatte seine wilden Haare zu
einem Schwanz im Nacken gebunden. Er machte einen
äußerst glücklichen Eindruck. Er hielt eine gelbe Rose in der
Hand, die er offenbar von einem Busch abgepflückt hatte. Er
strahlte die Blume an und küsste sie von Zeit zu Zeit.
Als er den verwunderten Blick der Frau neben sich endlich
bemerkte, wandte er sich zu ihr hin und rief: „Ich bin ja so
glücklich!" Die alte Dame nickte ihm zu. „Sie hat mich so reich
gemacht mit ihrer Liebe! Was sind schon Geld und Gut,
möchte ich Sie fragen, gegen Liebe und Vertrauen! Maria liebt
mich. Sie macht mir Mut. Jede Nacht träume ich von ihr, wie
sie in ihrem grünen, schimmernden Kleid über eine Wiese
tanzt und dabei meinen Namen ruft." „Mit der Rose?", fragte
die alte Frau. „Nein, die wächst an ihrem Grab, gleich rechts
neben dem Eingangstor. Dort stehen auch immer frische
Blumen. Wer sie dort hinstellt, weiß ich nicht. Ich freue mich
jedenfalls, dass noch ein weiterer Mensch an sie denkt."
Der Bus kam, der Mann stieg ein, nicht ohne der alten Dame
ein Lächeln geschenkt zu haben. Sie lächelte zurück und
winkte.
Danach ging sie entschlossen durch das Tor in den Friedhof,
wandte sich nach rechts und stand vor einem Grab mit einem
schlichten Stein darauf. „Meiner Tochter KLARA MARIA" trug
der Stein als Inschrift. Eine Vase mit roten Gerbera stand vor
dem Stein. Dahinter wuchs ein Strauch mit gelben Rosen.
„Klara Maria", murmelte die Frau, „Klara und Maria. Wer
warst du? Gehasst und geliebt. Glück enttäuschend und Liebe
bringend. Wie kann das sein?"

Der „Schandfleck"

Inmitten der schmucken Einfamilienhäuser mit ihren gepflegten Vorgärten lag das Grundstück, das alle Anwohner nur den „Schandfleck" nannten. Ein verfilzter Urwald hatte sich im Laufe der vielen Jahre aus Bäumen, Sträuchern und Hecken entwickelt. Wild wucherndes Gras und Unkraut waren ein ständiges Ärgernis für die ordnungsliebenden Hausbesitzer ringsum.

Wem das Grundstück gehörte, wussten die meisten nicht, denn sie hatten erst vor wenigen Jahren die Häuser der alten Generation gekauft, hatten sie renoviert und modernisiert. Da war der „Schandfleck" schon verwildert gewesen.

Eine Anfrage beim Grundbuchamt und eine Beschwerde bei der Ordnungsbehörde ergaben nur, dass eine alte Dame das Grundstück besaß und dieses nicht verkaufen wollte. Die „Unordnung" des Grundstücks musste so bleiben, solange sie nicht auf Gehweg und Straße ausuferte.

„In dem Haus ist es nicht geheuer", erzählte man sich. Woran die Bewohner der Straße das merken konnten, wusste niemand. „Es ist eben nicht geheuer", bemerkten sie kleinlaut.

Die Geheimnistuerei weckte Stefans Neugier. Er war vor wenigen Wochen in das gegenüberliegende Haus als Untermieter eingezogen und war sofort vom „Urwald" mitten im Wohnviertel fasziniert. Nun wollte er alles wissen.

Eines Nachmittags im Winter kroch er durch eine Lücke im verrottenden Zaun und besah sich das große Grundstück gründlich. Ein Haus, eher ein Bungalow, starrte ihn mit von Dreck blinden Fenstern an. Keines war zerbrochen oder beschädigt. „Hier wäre doch ein gutes Versteck für Diebesgut oder ein hervorragender Schlafplatz für einen Obdachlosen", überlegte Stefan halblaut. Aber nichts schien geöffnet worden zu sein, wenigstens nicht auf dieser Seite.

Stefan untersuchte auch die drei anderen Seiten des Hauses. Er fand keinerlei Anzeichen, dass das Haus vor einiger Zeit betreten worden war. Mit einem Schlüssel konnte auch niemand die Eingangstür geöffnet haben, denn dichtes Brombeergesträuch versperrte vollständig die Tür.
Ein Blick nach oben zeigte Stefan ein etwas eingesunkenes Dach. Da oben konnte nur ein Kriechboden über dem Erdgeschoss gewesen sein. Ob dort jemand...? Der hätte eine Leiter gebraucht. Immerhin, möglich mochte es sein.
Es war richtig finster geworden, Stefan war es nicht mehr möglich, Einzelheiten zu unterscheiden. Einige Augenblicke lang blieb er noch stehen, um die Atmosphäre auf sich wirken zu lassen. Vereinzelt traf ein schwacher Lichtschein die Fassade des Hauses, wenn die Bäume durch den Wind geschüttelt wurden.
„Morgen mache ich weiter", ermunterte er sich, während er sich seinen Pfad zurück durch das Gestrüpp und den Zaun bahnte. Auf der wenig befahrenen Straße war alles still.
Plötzlich kam ihm das Märchen von Dornröschen in den Sinn: ein verwildertes Schloss, die Rosenhecke, das tief schlafende Dornröschen...- Warum?

Zwei Abende später kroch Stefan abermals durch den Zaun. Diesmal hielt er eine Taschenlampe bereit. Während er sich vor dem Haus aufrichtete, hörte er ein Geräusch. Es kam von drinnen. Er lauschte angestrengt. Etwas trippelte hörbar auf den Dielen. Ein Tier? Wie war das hereingekommen?
Stefan untersuchte das untere Mauerwerk des verkommenen Hauses. Kein Loch, keine Luke, nur ein etwas breiterer Riss.
Ein Keller schien nicht vorhanden zu sein, das Fundament bestand aus festem Beton.

„Dann muss das Tier über's Dach reingekommen sein", schoss es ihm durch den Kopf. Zu dumm, dass er keine Leiter mitgebracht hatte. Die hätte er sich bei seinem Hauswirt borgen und eine Menge Fragen über sich ergehen lassen müssen. Ein anderes Mal wollte er seinen Freund Markus mitnehmen, der besaß eine Leiter, die zusammenschiebbar war.

Wieder hörte Stefan ein Trippeln auf Holz und einen Laut, der fast wie Wehklagen klang. „Dornröschen, meine Feine, was machst du so alleine", summte er vor sich hin. Schon wieder Dornröschen!... Wie kam er nur darauf?

In den nächsten Tagen konnte er nicht auf das verwunschene Grundstück schlüpfen, denn es lag Schnee. Mit verräterischen Spuren wollte Stefan nicht auf sich aufmerksam machen.

Sicherlich war es ein Vergehen, in fremden Gärten herum zu schnüffeln. Stattdessen erkundigte er sich selbst im Grundbuchamt, wer für das Grundstück verantwortlich war.

„Sind Sie auch einer von den erzürnten Nachbarn?", wollte der Beamte wissen.

„Nein, ich möchte es eigentlich kaufen", log Stefan frech, „dazu brauche ich die Adresse des Besitzers." Knurrend schrieb der Beamte sie auf, nachdem er sich vorsichtshalber Stefans Personalausweis kopiert hatte.

„Thea Adler", las Stefan laut im Flur, „Köln, Sperlingsgasse17." Keine Telefonnummer, keine e-mail-Adresse, kein weiterer Anhaltspunkt.

„Schöner Mist! Da werde ich wohl nach Köln düsen und mir die Thea mal anschauen und mit ihr sprechen."

Kurz vor dem vierten Advent fand Stefan Zeit, sich in Köln umzusehen. Mit Mühe fand er in einem großen Mietshaus die Tür zur Wohnung von Thea Adler.

Er klingelte mehrmals, - ohne Erfolg. Doch, da hörte er schlurfende Schritte, die sich der Tür näherten. Die Tür wurde aufgemacht, soweit es die vorgelegte Kette erlaubte. Eine zittrige Stimme fragte nach seinem Begehr.

Durch den Türspalt erklärte Stefan sein Anliegen: dass er das verwunschene Grundstück kaufen wolle. „Welches verwunschene Grundstück meinen Sie, junger Mann, ich habe kein verwunschenes Grundstück!" Stefan nannte Straße und Hausnummer des „Schandflecks" und beschrieb ihr den Zustand von Haus und Garten. „Ich habe ein Haus mit der Adresse. Es ist ein schöner weißer Bungalow mit einer Eiche und vielen Rosen im Vorgarten." „So mag es einmal ausgesehen haben, Frau Adler. Wie viele Jahre sind Sie denn nicht mehr dort gewesen?"

„So genau weiß ich das nicht mehr, auf jeden Fall war meine älteste Tochter noch nicht verheiratet."

Stefan rechnete im Geiste nach: die Frau mochte hoch in den Achtzigern sein, das Alter der Tochter bei der Hochzeit etwa 35. Sollte die Frau seit einem halben Jahrhundert nicht mehr in ihrem Haus gewesen sein?

„Und Ihre Tochter? Hat sie oder ein anderes Kind, falls Sie weitere haben, es jemals genutzt?" „Nein. Mein Mann und meine Kinder sind verstorben, ich bin allein übrig."

„Warum haben Sie das Haus denn niemals verkauft? Sie waren doch nie mehr dort."

„Ich wollte es immer selber wieder beziehen, die schönen Erinnerungen würden dort wiederkehren. Jetzt bin ich wohl zu alt."

„Verkaufen wollen Sie es jetzt auch nicht?" „Nicht solange ich lebe!"

„Und danach? Ich meine, wer erbt es dann?" „Mal sehen", flüsterte Frau Adler durch den Türspalt. „Vielleicht verkaufe ich es doch. Lassen Sie Ihre Adresse hier. Ich will mich mit einem Freund beraten." Stefan gab ihr seine Karte und verabschiedete sich höflich.

Die Fahrt nach Köln war also vergeblich.

Am Vormittag des Heiligabends klingelte ein Postbote an Stefans Tür und übergab ihm ein Einschreiben. Stefan legte es unter den Tannenstrauß, der ihm als Weihnachtsbaum dienen sollte, zu den anderen Paketen und Päckchen.

Erst am Abend fiel es ihm wieder in die Hände. Ein unbekannter Absender und ein harter Gegenstand im Brief erweckten seine Neugier. Es öffnete sorgfältig den Umschlag. In einem rosa Zettel, der mit einer sehr krakeligen Schrift beschrieben war, kam ein Schlüssel zum Vorschein. *„Herr Stefan, benutzen Sie den Schlüssel und schauen in meinem Haus nach dem Rechten. Ich erwarte einen ehrlichen Bericht. Frohes Fest, Thea Adler."*

Stefan war am Ziel seiner Wünsche.

Am ersten Weihnachtstag ging er mit einer Rosenschere bewaffnet auf das Grundstück. In die Brombeerranken vor dem Eingang schnitt er mühsam einen schmalen Pfad und schloss voller Erwartung die Tür zum verwunschenen Haus auf. Sie quietschte entsetzlich, gab aber seinem Druck nach. Ein schrecklicher Gestank empfing ihn. Mäuse hatten seit Jahrzehnten ihren Dreck hinterlassen. Mäuseskelette, tote Käfer und anderes Ungeziefer lag im Staub über den Boden verstreut, Spinnenweben bewegten in allen Winkeln ihre staubigen Gardinen sacht im Lufthauch, der durch die offene Tür zog.

„Puh", stöhnte Stefan und bekam einen Hustenanfall.

Trotzig bahnte er sich einen Weg durch den Dreck des ersten Raumes, ein Taschentuch vor Mund und Nase. In die Küche schaute er nur flüchtig, die altmodische Einrichtung interessierte ihn im Moment nicht.

Am Ende kam er in das Schlafzimmer. Ein Bett stand an der Wand, die Türen eines Kleiderschranks standen halb offen. Auf dem Boden vor dem Bett lag ein halbgefüllter Koffer. Als er sich dem Bett näherte, hörte er wieder das Geräusch von trippelnden Schritten auf den Holzdielen und ein leises Stöhnen. Erschrocken blieb er stehen. Gespannt schaute er umher. Das Bett war leer, kein Dornröschen lag darin, wie er sarkastisch feststellte.

Im Koffer schien sich etwas zu bewegen. Zwei blanke schwarze Äuglein sahen ihn an. Also doch Mäuse? Aber nein, es war ein Igel, der hier sein Winterquartier gefunden hatte. Und die trappelnden Fußtritte waren sicher einem zweiten Igel zuzuschreiben, der schnell ein Versteck fand.

„Dornröschen" war erwacht mitten im Winter.

Den Bericht, den Stefan an Thea Adler schrieb, war neun Seiten lang und enthielt etliche Fotos und den Schlüssel. Stefan gestand ihr, dass er gar kein Geld besaß, das Grundstück zu kaufen, dass er es liebte und immer wieder in das Haus gegangen war. Er schwärmte ihr vor, wie man es wieder herrichten und die Wildnis drum herum erhalten könnte mit ein paar geringen Eingriffen, so dass Nachbarn keinen Anstoß mehr daran nehmen konnten. Er gestand ihr, dass er das Häuschen sein Dornröschenschloss nannte.

Einige Wochen später besuchte ihn ein Notar und präsentierte ihm eine Schenkungsurkunde für das Grundstück.

Die letzte Aufgabe

Drei Tage lag Monika nun schon im Hospiz. Die Ärzte gaben ihr nicht mehr viel Zeit.

Sie hatte keine Angst vorm Sterben, die hatte sie nie gehabt. Und ihre Schmerzen wurden durch Medikamente – endlich – so reduziert, dass sie sich sehr erleichtert fühlte. Ihre Tochter Alex saß an ihrem Bett und hielt den ersehnten Schuhkarton in der Hand.

„Mutti, warum wolltest du ausgerechnet diesen alten Karton haben? Sind dort Liebesbriefe drin?"

„Nein, so kann ich sie nicht nennen, obwohl….. Aber sieh selbst. Mach die Schleifen auf und guck hinein."

Alex war erstaunt. Im Karton waren lauter Papierstückchen, beschrieben mit unterschiedlichen Stiften, manche von Nässe etwas unleserlich. Verwundert schaute sie zu ihrer Mutter.

„Das muss ich dir erklären. Du weißt, dass ich nach Papas Tod sehr oft auf den Friedhof gegangen bin, nicht immer um ihn zu besuchen, sondern oft nur, um auf trockenen Wegen spazieren zu gehen. Dabei traf ich einmal auf ein etwas ungewöhnliches Grab, dessen Stein ganz anders war als üblich. Es war eine hohe, breite Stele, in die am oberen Ende eine ziemlich große Höhlung gearbeitet war. In dieser Nische stand das Bild einer jungen Frau, ein Foto, in einen Rahmen aus Kunstharz gegossen. Aus dem Text unten im Stein konnte ich entnehmen, dass die junge Frau sich offenbar das Leben genommen hatte. Ich sann darüber nach. Plötzlich überkam mich der Wunsch, einen Zettel mit einer Frage darauf hinter ihr Bild zu stecken. Als Papier fand ich nur einen Kassenbon mit leerer Rückseite. Einen Bleistiftstummel hatte ich ja in jeder Jackentasche, um die Dinge, die ich bereits beim Einkauf im Warenkorb hatte, von der jeweiligen Einkaufsliste zu streichen. Also schrieb ich, einem Impuls folgend, ,*Warum hast du es getan?*' und steckte den Zettel hinter das Bild. Auf dem weiteren Weg fragte ich mich allen Ernstes, wer mir denn antworten sollte und was ich eigentlich bezweckt hatte.

Als ich ein paar Tage später wieder an das Grab kam, packte mich die Neugier. Wenn der Zettel noch da wäre, wollte ich ihn wieder an mich nehmen. Also fasste ich vorsichtig hinter das Bild. Einen Zettel bekam ich in die Hand, aber es war nicht der, den ich geschrieben hatte. Es war ein kariertes Notizblatt, auf dem stand: ,*Ich konnte nicht anders, es war zu schwer, das Leben.*'

Wer hatte das geschrieben? Anhand der Schrift konnte ich nicht erkennen, ob es eine Frau, vielleicht die Mutter, oder ein Mann, der Vater, geschrieben hatte. Eine Antwort fiel mir nicht ein. Erst eine Woche später legte ich einen neuen Zettel, diesmal zu Hause auf blaues Papier geschrieben, an die bekannte Stelle. Darin drückte ich mein Mitgefühl aus. Als Antwort darauf bekam ich eine neue Botschaft mit einer trostreichen Zeile aus einem Psalm.

Aus diesem Wechsel von kurzen Nachrichten zwischen zwei Unbekannten über dem Grab der Selbstmörderin ergab sich so etwas wie eine Seelenbekanntschaft. Aber nie habe ich den Menschen gesehen, der die Botschaften hinterlegte. Oft habe ich in der Nähe des Grabes lange Zeit hinter anderen Stelen gewartet, aber nie habe ich ihn zu sehen bekommen. Ob die Person mich je gesehen hat, weiß ich nicht. Drei Jahre ging das so, dann wurde mein letzter Zettel nicht mehr beantwortet.

Bis zu meiner Verlegung in dieses Haus habe ich auch nicht mehr an den „Briefwechsel" gedacht. Jetzt ist er mir wieder eingefallen. Ich denke, das hatte seine Bedeutung. Ich will die Botschaften noch einmal lesen und mir die Reihenfolge vorstellen, in denen ich sie bekommen hatte. Oder eine neue Reihenfolge komponieren, die mir besser gefällt. Wir haben ja nie das Datum erwähnt, an dem wir geschrieben haben. Das wird meine letzte Beschäftigung sein, der ich einen Sinn geben kann.

Lara

Die Sirenen heulten. Menschen flohen in Panik zu den Bunkern. Horst überholte eine Frau. Sie krümmte sich in Schmerzen, dann stürzte sie zu Boden. Horst zerrte sie in den kümmerlichen Schutz der nächsten Ruine. Er sah, wie die Wehen die junge Frau quälten. Gleich darauf gebar sie ein Mädchen, hier, mitten in den Ruinen und dem Bombenhagel in der Nähe.
Tröstend legte er seine Hand auf ihren Arm. „Was soll ich tun?".
Die junge Frau schlug kurz die Augen auf. „Trenn die Nabelschnur durch", hauchte sie schwach. „Sara" kam noch aus ihrem Mund, dann war sie tot.

Horst zog sein Taschenmesser aus der Tasche. Öffnete es mit Zähnen und der verbliebenen Hand und trennte die Nabelschnur durch.
Er blieb noch einen Augenblick erschreckt kauern, nahm dann den Schal der Mutter und wickelte das Neugeborene darin ein so gut es mit seiner einen Hand ging. Er legte es vorsichtig neben sich, während das Chaos um ihn herum tobte. Er sah die Tote an. Sie war schön, kaum zwanzig Jahre alt. Sie hatte schwarzes Haar und einen dunkleren Teint. Am Hals trug sie eine Kette mit einem Amulett. Das zeigte zwei Löwen und zwischen ihnen ein aufgeschlagenes Buch. Er nahm das Amulett an sich, vielleicht konnte er dadurch Verwandte des Babys finden. Am Finger trug die Tote einen Ring mit einer Inschrift in einer ihm unbekannten Schrift. Auch den nahm er an sich und steckte ihn in seine Tasche. Dann wandte er sich wieder dem Baby zu, das jetzt laut schrie. „Du bist wenigstens am Leben", murmelte er zärtlich, nahm das Mädchen auf und wiegte es in seinen Armen. „Wohin soll ich dich jetzt bringen?

Zu meiner Mutter? Zu meiner Oma? Zu einer Findlings-station?"

Er beschloss, da es jetzt Entwarnung gab, das Kind erst einmal zu seiner Mutter zu bringen. Sie würde besseren Rat finden als er im Moment.

„Horst, was sollen wir tun? Das Baby braucht Milch, aber wir haben keine Lebensmittelkarten für das Kind." „Ich könnte es als mein eigenes eintragen lassen…oder du?"

Und so geschah es. Die Mutter ließ es als eigenes eintragen. Sie nannten es Lara, denn der Name Sara war zu unarisch. Horst, der nicht mehr an die Front musste mit nur einer Hand, bekam eine Stelle in der Verwaltung. So war das Mädchen für den Rest des Krieges erst einmal versorgt, danach konnte man Nachforschungen anstellen.

Das erwies sich als äußerst schwierig. Bald gaben Mutter und Sohn die Suche auf.

Lara wuchs wohlbehütet auf, auch als Horst heiratete. Seine Frau, eine Kriegerwitwe, brachte einen Sohn mit in die Fami-lie. Das einzige, was Horst nicht über sich brachte, war, Lara, die alle als seine Tochter ansahen, die Wahrheit über ihre Geburt zu erzählen.

Als Lara 15 Jahre alt wurde, drängte seine Mutter ihn, mit der Wahrheit herauszurücken. Er zeigte Lara die Gegenstände, die an ihre Geburt in den Trümmern erinnerten. Er wandte sich auf ihr Drängen an den Suchdienst, schickte Fotos von dem Amulett.

Nach einiger Zeit bekam Horst einen Brief vom Suchdienst. Darin las er, dass Lara jüdischer Abstammung sein musste. Laras Mutter hatte offenbar zu denen gehört, die vor den SS-Leuten versteckt worden waren, wahrscheinlich, weil der Vater Verbindungen hatte oder andere Leute sie verbargen.

Horst bat, weiter zu suchen, und schickte eine Kopie der Ring-
inschrift mit.

Nach zwei Jahren meldete sich ein Mann, der behauptete,
Laras Vater zu sein.

Die beiden Männer trafen sich. Der bis dahin Unbekannte zog
ein Stück Papier aus der Brusttasche, das eine mit Bleistift
abgeriebene Zeichnung trug, die genau dem Amulett ent-
sprach. Er erzählte, wie er jahrelang ebenfalls nach der Frau
und dem Kind gesucht hatte.

Horst nahm den Mann mit nach Hause unter dem Versprechen, dass der Mann sich nicht gleich als Laras Vater zu
erkennen geben würde. Als der Mann Lara sah, nickte er
heftig mit dem Kopf und konnte ein Weinen nicht unter-
drücken. Die Ähnlichkeit mit seiner ehemals Geliebten war zu
groß.

Erstaunt guckte Lara die beiden Männer an, und als sie auch
Tränen in den Augen ihres geliebten Vaters Horst sah, begriff
sie.

Ein ungewöhnliches Begräbnis

Sie waren sehr reich. Sie waren alt und einsam. Sie waren nur noch fünf. Fünf Frauen, die das Leben genossen, soweit es ging, auf Seereisen, in teuren Restaurants, in exklusiven Hotels. Einmal im Vierteljahr kamen sie zusammen, um sich ihr einsames Leben von der Seele zu reden. Aber nie unternahmen sie sonst etwas gemeinsam. Jede lebte für sich an einem anderen Punkt der Welt.

Dieses Mal waren sie in Bulgarien zusammengekommen, hatten zwei Tage in ihrem Luxus geschwelgt und heimlich den Zentralfriedhof der Hauptstadt erforscht auf der Suche nach einem geeigneten Platz. Sie waren fündig geworden.

Unter einem alten Ahorn wurde ein Grab ausgehoben. Zwei Arbeiter bedienten einen dafür konstruierten Bagger. Die Frauen schauten einige Augenblicke zu. Dann entfernten sie sich ein Stück und warteten. Als die Friedhofsarbeiter eine Pause einlegten, näherten sie sich vorsichtig den Männern. Mit ein paar eingelernten Worten, Gebärden und einem großen Packen Geld überzeugten sie die Männer, noch einmal den Bagger in Bewegung zu setzen und die Grabstelle zu vertiefen.

Den Nachmittag verbrachten die fünf Frauen etwas wehmütig in einem Gartenlokal in der Nähe. Zum letzten Mal versuchten vier, der Einen ihren Plan, aus der Welt spurlos zu verschwinden, auszureden. Sie wiesen auf das Können der Ärzte hin, sie zogen für sie eine bequeme Altenresidenz in Betracht, aber konnten nicht überzeugen. Der Plan der Kranken stand unumstößlich fest. Sie hatte das Gift bei sich und wollte es nutzen.

Kurz bevor der Friedhof schließen sollte, kehrten sie an den vorgesehenen Ort zurück. Die Kranke stellte sich an den Rand der Grube und trank das Fläschchen Gift in einem Zug aus. Einen kurzen Augenblick später glitt sie aus den Armen der anderen Frauen in die Tiefe. Die nunmehr vier Frauen verließen den Friedhof.

In der sehr späten Abenddämmerung kam einer der Friedhofsarbeiter, legte ein Brett über den leblosen Körper, schaufelte Erde darüber, so dass die Gruft wie eine gewöhnliche aussah.

Am nächsten Vormittag trug eine große Trauergemeinde den Direktor einer Firma hier zu Grabe mit dem Segen der orthodoxen Kirche, vielen Trauerreden, einer Unmenge an Blumen.

Die vier Frauen hatten sich unter die Trauergäste gemischt.

Als sich die Trauergemeinde auflöste mit der Aussicht auf gutes Essen und viel Wodka, legte jede von ihnen eine tiefrote Rose oben auf das Grab.

Niemand würde wissen, wo ihre Freundin geblieben war.

Dunkel und Schweigen

Dunkel ringsum. Dunkelstes Dunkel, tiefste Schwärze. Nein, nicht Nachtdunkel, da sieht man immer noch einen schwachen grauen Fleck irgendwo. Finsternis, totale Finsternis.

Und Stille. Kein Laut, kein Echo eines Lautes. Das Schweigen absolut.
Nein nicht absolut. Allmählich höre ich das Rauschen meines Blutes in den Ohren. Ich höre das Klopfen des Herzens gegen meine Rippen. Dennoch äußerste Stille im Raum.

Im Raum? Bin ich in einem Raum? Draußen wohl nicht, denn es geht kein kleinster Windhauch. Unbeweglich steht die Luft. Was für ein Raum? Vorsichtig setze ich einen Fuß ein kleines Stück voraus.
Wohin geht Voraus? In welche Richtung führt Voraus? Wie weit ist es sicher? Ich bleibe lieber stehen.
Ich strecke die Arme aus. Nichts. Kein Gegenstand. Keine Mauer oder Wand. Nur Schwärze und Schweigen. Wo bin ich? Allmählich bekomme ich Panik.

Plötzlich grelle Helle. Nicht Tageshelle, nicht Sonnenschein. Grelles Licht genau über mir. Genau über mir. Ich werfe keinen Schatten. Auch wenn ich den Arm ausstrecke: kein Schatten.
Wände sehe ich nicht. Ich sehe rein gar nichts außer meiner Kleidung, wenn ich an mir herunterblicke. Kein realer Ort wird erkennbar.
Licht und ein weißer Boden ist alles. Auf ihm stehen meine Schuhe, Beine. Über ihm schwebt mein Rock. Die Haut an

meinem ausgestreckten Arm leuchtet weiß. Keine Spur von belebendem Blut.

Ich will dem Licht entgehen. Ich mache nun einen großen Schritt. Kein Schatten folgt mir. Wieder ist das grelle weiße Licht genau über mir.
Ich wage noch einige Schritte. Keine Veränderung. Dann stürze ich nieder.

Ich liege seitlich auf dem hellen Boden. Ganz langsam erkenne ich einen größer werdenden Schatten unter meiner Hand. Ich bewege die Augen ein wenig in die Richtung meiner Knie. An der ganzen Körperlinie entlang wachsen vorsichtig Schatten.

Das Licht wird schwächer. Es nimmt einen wärmeren Ton an. Mir wird warm. Jetzt erst kommt mir zu Bewusstsein, dass ich gefroren habe.

„Sie ist über den Berg! Sie ist aufgewacht", höre ich entfernt eine weibliche Stimme.

Lächeln

„In wenigen Minuten erreichen wir Hamburg." Es ist Donnerstagmorgen.

Der Mann klappt seinen Laptop zu. Er hatte die ganze lange Strecke - von Frankfurt an - die Geschäftszahlen seiner Firma durchgespielt, um zu sehen, ob ein Konkurs noch abzuwehren war. Er hatte bei keinem Halt aufgeschaut, so vertieft war er in die Materie. Nun schaut er zum ersten Mal auf sein Gegenüber.

Eine junge Frau macht sich bereit, ebenfalls ihre Sachen zusammenzupacken. Sie hatt verweinte Augen, letzte Tränenspuren sind noch auf ihren Wangen zu sehen. Sie reckt sich gerade hoch, um einen Koffer aus dem Gepäcknetz zu hieven. Der Mann packt den Koffer und stellt ihn in den Gang. Die Frau starrt den Mann einen Moment verwundert an. Dann schenkt sie ihm ein Lächeln, das tief aus ihrem Innern zu kommen scheint, denn es spiegelt sich in ihren Augen.

Der Mann ist seltsam betroffen. Seine Sorgen treten für Augenblicke in den Hintergrund.

In der Bahnhofshalle kauft sich der Geschäftsmann einen Kaffee. Neben ihm wartet eine ältere Frau in einem grauen Mantel. In Gedanken an sein Erlebnis im Abteil lächelt der Mann der Frau aufmunternd zu und verschwindet.

Die ältere Frau scheint ein wenig aufzublühen. Wie lange hatte ihr kein Mann – ob jung oder alt – mehr zugelächelt. Mit beschwingteren Schritten eilt sie zum Buchladen, um sich eine Reiselektüre für die Fahrt am nächsten Tag zu kaufen.

Da sie nicht gleich die Abteilung findet, die sie sucht, wendet sie sich an eine junge Verkäuferin in einem roten Pulli. Die starrt in den Computer und hat offenbar die Welt um sich herum vergessen. Als sie sich plötzlich unsanft aus ihren Gedanken gerissen sieht, will sie schon geschäftsmäßig kalt die ältere Frau abwimmeln, da trifft sie ein freundliches Lächeln. Sie lächelt zurück. Dann hilft sie der Kundin, die rechte Abteilung zu finden und sie auch noch über einige interessante Neuerscheinungen zu informieren. Die Kundin ist von so viel Freundlichkeit überrascht. Sie verlässt den Laden zufrieden mit ihrer Neuerwerbung und lächelt in der Vorfreude auf ihre Lektüre die Kassiererin an.

Die Verkäuferin begibt sich wieder an der Computer. Da kommt schon ein neuer Kunde mit einer Frage. Sie lächelt ihn an, nicht nur mit dem üblichen einstudierten Lächeln, sondern mit einem, an dem auch die Augen beteiligt sind.
Der Kunde ist ein etwas schüchterner junger Mann. Er wird rot. Er ist überwältigt, dass ihn eine junge Verkäuferin mit einem solchen Lächeln bedenkt.
Der Tag fängt gut an!

Selbstfindung

Der Kaffee schmeckte bitter und hinterließ ein unangenehmes Gefühl im Mund. Zucker und Milch gab es keine, nur den bitteren Kaffee aus einer nicht ganz sauberen Tasse. Die Bitternis passte gut zu seinem Innern. Auch das bestand aus einem schlechten Nachgeschmack, bitter und schal.

Wieder eine Niederlage. Keiner wollte ihn. Nicht die Firma, bei der er sich als Hilfskraft beworben, noch die junge Frau, der er sich zu nähern versucht hatte. Bitter, bitter. Die Welt war schlecht, ungerecht und feindselig. Bei all seinen Versuchen, in ihr Fuß zu fassen wie andere Menschen, wurde er abgewiesen. Bitter.

Am Nebentisch schlug ein Mann in seinem Alter, so heftig auf den Tisch, dass die Tassen dort schepperten. Fast schrie er auf die junge Frau ein: „ Heul mir nicht immer etwas vor! TU WAS! Stell dich vor den Spiegel und frage dich, was…"

Er erschrak und sah sich die Frau einen Moment lang an. Sie war jung und verheult. Sie war schön. Um ihren Mund aber bildeten sich die ersten tiefen Furchen der Enttäuschung. Ihre Kleidung war etwas ungepflegt. Aber was ging ihn das an?

Er fühlte sich unbehaglich und trank schnell den Rest des grässlichen Kaffees aus, bezahlte und verließ fast fluchtartig den Ort solch bitterer Erfahrung.

Abends, nach einem Tag voll zielloser Aktivitäten, öffnete er ein Bier, um es vor dem Fernseher lustlos zu trinken wie jeden Abend. Plötzlich war er elektrisiert: das Geschehen vom Morgen in dem Hafenbistro stand deutlich vor seinen Augen. Er hörte noch einmal den Schrei des Mannes: „Stell dich vor den Spiegel und frage dich…"

Er ging ins Bad und stellte sich vor den Spiegel.

Diesmal sah er unvoreingenommen und kritisch hinein.

Die alte Frau und das Bettelkind

Die alte Frau hielt das kleine Mädchen fest an der Hand.
Sie liefen querfeldein, weg von der Stadt. Sie hörten noch, wie die Stadttore geschlossen wurden, dann war es still ringsum. „Wohin nimmst du mich mit?", fragte das Mädchen ängstlich. „Ich bringe dich an einen Ort, wo es dir gut gehen wird, das habe ich dir doch schon versprochen vor der Kirche." „Ja. Aber wohin? Meine Füße tun weh." „Das musst du noch ein wenig länger aushalten. Wenn wir erst da sind, kannst du deine Füße in warmem Wasser aufwärmen."
Das Kind verstummte wieder und stolperte neben der Frau weiter.
Je weiter sie sich von der Stadt entfernten, umso dichter wurde der Nebel. Zuerst war er noch dünn gewesen und hatte nur über dem Boden gelegen, jetzt aber verdichtete er sich zu einer dicken Suppe.
„Wohin bringst du mich?", begann das Mädchen wieder, „ich kann gar nichts mehr sehen. Ich möchte zu den anderen Kindern zurück in die Stadt, da sind Lichter, auch wenn es neblig ist." „Es dauert nicht mehr lange", tröstete die alte Frau, „wir müssen nur in den Wald kommen." „Da sind wilde Tiere", hauchte das Kind furchtsam und Tränen liefen über seine verschmutzten Wangen.
„Hab keine Angst. Nur noch ein kleines Stückchen Weg." Die alte Frau strich dem verängstigten Mädchen im Weitergehen beruhigend über das Haar und summte ein kleines Liedchen.

Nicht lange danach blieb die Frau stehen und tastete in ihrer Tasche nach einem Schlüssel. Sie hatte den Weg trotz des Nebels sicher gefunden und stand nun vor dem kleinen Haus. Sie schloss die Tür auf, zündete eine Kerze an und führte das Kind in die Küche. Sie setzte es auf einen Stuhl, zündete weitere Lichter an und machte Feuer im Herd.

Das Mädchen sah sich ängstlich und zugleich neugierig um. In einem Haus hatte es schon lange nicht mehr geweilt, nur in Verstecken in Schuppen, an unzugänglichen Ecken neben den Straßen und nahe der Gräber auf den Friedhöfen. Sein Essen musste es erbetteln, die Kleidung irgendwo stehlen, wenn sich eine Gelegenheit bot. Da saß es nun, baumelte ein wenig mit den Beinen und betrachtete müde die Tätigkeit der unbekannten Alten.

„Wie heißt du?", fragte schließlich die Frau, während sie heißes Wasser in eine große Schüssel füllte. „Maria", antwortete das Kind leise, „sie haben mich immer Maria genannt." „Nun, Maria, jetzt ist das Wasser für deine müden Füße fertig. Später kannst du dich auch noch waschen. Aber erst deine Füße, sie sehen schon ganz blau vor Kälte aus."

Sie schob Maria die Waschschüssel vor einen niedrigen Hokker und half dem Mädchen, sich zurechtzusetzen. Offenbar hatte es noch nie ein Fußbad genommen. Dann betrachtete sie nachdenklich die zerlumpte Kleidung, den Schmutz und die verfilzten Haare.

Während die kleine Maria ihre Füße im warmen Wasser vorsichtig hin und her bewegte, machte sich die Frau am Herd zu schaffen, um eine Mahlzeit zu kochen. Sie legte reichlich Speck und viel Gemüse in einen großen Topf, füllte Wasser auf und hielt die eingeweichten Linsen bereit. Als es im Topf brodelte, wandte sie sich wieder Maria zu.

„Bitte, Maria, wasch dir die Hände und das Gesicht, wir wollen bald essen." Sie deckte den Küchentisch. Als die Suppe fertig war, war das Kind einigermaßen sauber, und sie konnten sich setzen. Maria schaute auf den gefüllten Teller, wagte aber nicht anzufangen, denn sie wusste nicht, wie sie sich verhalten sollte. Die Frau bemerkte, dass Maria wohl schon eine Ewigkeit nichts Gekochtes zu sehen bekommen hatte, sondern nur von hartem Brot und Käseresten gelebt haben musste. Vielleicht hatten ihr die größeren Kinder gelegentlich eine über offenem Feuer gebratene Ratte geschenkt, die sie dann aus der Hand gegessen hatte. Also machte die Frau ihr vor, wie sie den Löffel halten konnte, um die Suppe zu essen.

„Kind, hat dir niemand beigebracht, wie man Suppe isst?"

„Nein", antwortete Maria verwirrt, „wir lebten alle nur auf der Straße. Da gab es nichts, wo wir kochen konnten. – Wie heißt du denn?"

„Ich bin die alte Martha. Ich wohne ganz allein in diesem Häuschen fern der Stadt. Allmählich werde ich zu alt, um allein zurechtzukommen. Da habe ich in den Straßen nach einem Mädchen gesucht, das mir gefällt und das ich alles lehren kann, was ich weiß. Das Kind soll mir allmählich ein wenig helfen und mir Gesellschaft leisten. Meine Wahl fiel auf dich. Du scheinst Verstand zu haben und bist nicht so wild und gemein wie die anderen. Du scheinst von Eltern aus besseren Verhältnissen zu stammen, was immer dir auch nach deiner Geburt geschehen ist. Das kannst du später erzählen, wenn du magst. Jetzt ist erst einmal wichtig, dass du lernst, dich sauber zu halten und keine Angst mehr zu haben."

Maria sah sie mit großen Augen an, verstand aber nicht alles, was Martha sagte. Sie war zu überwältigt von der kräftigen Mahlzeit, müde von dem langen Weg und der Wärme im Haus. Sie wurde schläfrig, und Martha musste einsehen, dass an ein gründliches Bad für heute nicht mehr zu denken war. Sie öffnete eine Tür, die in eine kleine Kammer führte, und brachte Maria zu Bett. Die schlief gleich ein, warm zugedeckt mit einer Pferdedecke.

In den nächsten Tagen wurde das Bad nachgeholt, wurden die Lumpen, soweit sie überhaupt noch etwas taugten, gewaschen und einfache neue Kleider aus Marthas Stoffvorrat genäht.

Maria war still und schüchtern, sie konnte das Wunder, als das sie das Geschehen betrachtete, nicht ganz glauben und hatte Angst, alles wäre nur ein Traum: das sauber bezogene Bett, das so ganz anders war als ihre üblichen Schlafstätten im Heu oder Stroh oder auf der nackten Erde. Die Pferdedecke der ersten Nacht war verschwunden.

Martha ließ das Mädchen erst einmal in Ruhe, stellte keine Fragen, erklärte geduldig, wozu Reinlichkeit gut war, und kümmerte sich um die zerschundenen Füße des Kindes, indem sie Salben auftrug und Maria die ersten Tage nur in Filzpantoffeln im Hause herumlaufen ließ.

Mit der Zeit fand sich Maria zurecht und konnte Martha schon ein wenig entlasten bei der Hausarbeit. Auch fasste sie Vertrauen und beobachtete ihre Gönnerin aufmerksam, um noch mehr zu lernen. Sie wunderte sich nur, dass Martha in Vollmondnächten das Haus verließ und erst am frühen Morgen zurückkehrte.

So ging etwa ein Jahr ins Land, bevor Martha begann, Maria Buchstaben und Zahlen beizubringen. Als sie merkte, dass Maria einen beweglichen Geist und einen ungeheuren Lerneifer an den Tag legte, dauerte es nicht lange, bis Maria Lesen, Schreiben und Rechnen beherrschte.

Eines Tages forderte Martha sie auf, sich das beste Kleid anzuziehen und in feste Schuhe zu schlüpfen. Sie nahm das Mädchen an die Hand und ging mit ihr den Weg zur Stadt, auf dem sie den Ort einst verlassen hatten. Nur war es nun nicht neblig, die Sonne schien strahlend von Himmel.

Am Stadttor herrschte reges Treiben, denn es war Markttag. Martha kümmerte sich nicht darum, sondern strebte zum Rathaus, während Maria neugierig alles betrachtete, was sie längst verlassen hatte. Die Straßenkinder erkannten sie nicht, sie selbst machte auch keine Anstalten, die ihr Vertrauten zu begrüßen. Sie schämte sich ein wenig ihres Glücks. Sie war froh, dem Elend entronnen zu sein.

Martha steuerte im Rathaus die Amtsstube des Kämmerers an. Sie hatte etwas wegen des Häuschens zu erledigen. Als der Kämmerer aufblickte, um die beiden zu verabschieden, stutzte er und schaute Maria durchdringend an.

„Ist das deine Enkelin?", fragte er Martha. „Nein, sie war eines der Straßenkinder. Ich habe sie aufgenommen, um Gesellschaft zu haben, jetzt, da ich richtig alt werde. Sie ist ein gelehriges Kind, kann rechnen und schreiben, weiß in Dingen des Haushalts Bescheid und ist mir sehr ans Herz gewachsen."

„Weißt du etwas über ihre Herkunft?", fragte nachdenklich der Amtmann. „Nein. Sie weiß es auch nicht. Ich nehme aber an, dass sie von Geburt aus besseren Standes ist." „Hat sie irgendeinen Gegenstand bei sich gehabt, als du sie aufgenommen hast?" „Nein, sie war in Lumpen gehüllt, völlig verwahrlost, wie es eben bei Bettelkindern der Fall ist." „Maria", begann der Kämmerer, „erinnerst du dich an irgendetwas aus deinen frühen Kindertagen?" Maria schaute ihn groß an. Sie wusste nichts zu antworten. Der Mann wandte sich wieder an Martha: „Hat sie irgendein Mal an ihrem Körper?" „Ja, sie hat ein herzförmiges Muttermal auf der Lende."

Mehr wurde nicht gesagt an diesem Tag.

Beim nächsten Vollmond war Martha wieder die ganze Nacht verschwunden und kehrte erst am Morgen zurück. Tags darauf ging sie noch einmal mit Maria in die Stadt zum Kämmerer, um ein wichtiges Papier abzuholen. Als der Mann ihr das Dokument gab, lächelte sie verstohlen.

Und schon kam die Frage des Kämmerers: „Weißt du, wer noch ein solches Muttermal auf der Lende hat?" Martha schüttelte zwar den Kopf, lächelte aber noch immer. „Wer denn?", fragte sie scheinheilig.

„Mein Bruder hatte solch ein Mal. Er ist schon lange tot. Kurz nach der Geburt eines Mädchens starb er unter nicht ganz geklärten Umständen. Seine Frau war eine böse Person. Sie verließ sofort die Stadt. Von ihrem Kind fehlt seitdem jede Spur. Sie kehrte allein zurück und verlangte ihr Erbe mit der Behauptung, das Kind sei nicht lebensfähig gewesen." „Ja, das habe ich gestern Nacht auch erfahren. Es könnte sein, dass…".

Sie schaute auf Maria, die offenbar von der Bedeutung des Gesprächs nichts mitbekommen, sich stattdessen eine hölzerne Christusfigur an der Wand angesehen hatte.

Der Kämmerer nickte. „Wir sollten warten und nichts überstürzen. Das Kind sollte weiterhin bei dir bleiben, bis ich mit höheren Stellen beraten habe, wie wir Nachforschungen anstellen können."

„Das ist nicht nötig. Ich weiß alles. Ich bin die Tante der Frau deines Bruders. Letzte Nacht war ich bei ihr. Sie hat seit Jahren den Verstand verloren, nachdem sie sich mit einer Gruppe von Hexen eingelassen hatte. Sie lebt bei Leuten, die sie aufgenommen haben und pflegen. In einem ihrer wenigen klaren Momente bei Vollmond konnte ich ihr die Mitteilung über das Muttermal entlocken. Es ist sicher: Maria ist deine Nichte."

„Das sollte sie erst später erfahren. Mit ihren 9 Jahren würde sie das nicht verkraften können. Sie bleibt am besten bei dir, damit ihre Seele heilen kann. Ich werde euch unterstützen, wenn ihr Unterstützung braucht." „Danke, wir kommen gut so zurecht. Ich werde sie zu einer tugendhaften jungen Frau ausbilden. Falls ich vor der Zeit sterbe, dann musst du einen Weg finden, für sie zu sorgen."

Regennacht

Regentropfen rinnen unaufhaltsam die Fensterscheibe hinunter. Draußen ist es schon fast Nacht geworden und ich schaue immer noch die Muster an, die die rinnenden Tropfen zeichnen.
Gegenüber liegt der Wald. Der Wind schüttelt die Zweige, ja fast die ganzen Bäume. Die aufkommende Nacht lässt viel Dunkel in die Zwischenräume.

Ein fremder, noch nie gehörter Ton dringt an mein Ohr, jammernd, klagend, eindringlich.
Etwas scheint sich zwischen den Baumstämmen zu bewegen. Wehendes Haar und viele biegsame Gliedmaßen recken und strecken sich und streben an den Straßenrand. Ein Tier? Ein Knäuel Menschen? Obwohl sie sich ständig drängend bewegen, können sie die Straße nicht erreichen. Sie sind an den Schatten gebunden. Doch der Ton wird eindringlicher.
Ich öffne das Fenster einen Spalt breit, um besser hören zu können.
„Klara!..Klara, komm raus!" ...Sie rufen mich.
Zitternd vergesse ich alles um mich herum. Ich muss den Rufen Folge leisten. Ich greife meinen Mantel und stürze aus dem Haus.
Schlagartig hört der Regen auf. Alles ist still um mich herum.
Viele Arme winken und fordern mich auf, näher zu kommen. Ich zögere nun doch. Ich habe Angst.

Die Gestalten im Gewirr haben keine Köpfe, keine Gesichter.
Sie bewegen Arme und wohl auch Beine jetzt in einem gleichmäßigen Takt, der die zwischen ihnen wehenden Haare mal in die eine Richtung, mal in die andere zwingt. Jetzt stieben auch noch Federn aus dem Gewirr, schweben hoch und landen zu

meinen Füßen. Ich bücke mich, ohne das Unheimliche aus den Augen zu lassen, und hebe eine Feder auf. Sie ist weich wie eine Daune, aber ihr Kiel ist spitz und hart wie eine Nadel. Als ich mich an ihr steche, fährt ein Blitz vom Himmel.
Er setzt die nächsten Bäume in Brand. Der Rauch des Feuers lässt mich nichts mehr sehen. Ich kann mich aus dem Bann lösen.

Da kommt auch schon die Feuerwehr mit ihrem Tatü…Tata. Aber die Männer löschen das Feuer nicht. Sie nehmen mich sanft an die Hand und führen mich zu einem Rettungswagen, wo sie mich auf eine Liege legen.
„Klara, was ist geschehen?" Ich will es ihnen gerade erklären, da höre ich die Stimme von Rolf. Er erklärt: „Sie ist schon seit Tagen so merkwürdig. Sie phantasiert und weiß oft nicht, was sie tut. Jetzt stand sie zwei Stunden im Regen auf der Straße und war nicht zu überreden, mit mir nach Hause zu kommen."
Aber es hatte doch gar nicht mehr geregnet. Heimlich befühle ich meinen Mantel.
Er ist aufgeweicht. Blut läuft an meiner Hand entlang – nicht viel – wie von einem Nadelstich. Wo aber ist die seltsame Feder, die ich nicht losgelassen hatte? Wo ist das Feuer? Ein Schein muss doch das Fenster erhellen.

Rolf gibt mir einen Kuss auf die Stirn. Da sind wieder die vielen Arme, die mich zu sich befehlen….

Angel in Black

Vor dem blauen Samtvorhang auf der Probebühne stand der
Sänger als dunkle Silhouette. Nichts von seiner Person war in
dem abgedunkelten Raum genauer zu erkennen.
Groß, bewegungslos und konzentriert stand er dort.
Er schien sich zu sammeln. Für die erste herausfordernde Anrufung des Engels, die sein Markenzeichen war, wie die Pres-
se jedesmal betonte, wenn er ein Konzert gab.
Im Saal saß nur Katarina. Sie hatte sich heimlich hinein-
gestohlen, denn sie kannte den Sänger schon etwas länger
und wusste um seine emotionalen Schwierigkeiten. Sie war
genauso konzentriert und angespannt wie er.
Das Lied kannte sie auswendig.

Com'n, Angel in black,
show your face to the world!
Don't be shy, Angel of hell,
I want you to tell:
//: go away, don't stay,
I don't fear you any more
go away, don't stay,
I don't need you as before.://

Dark Angel you lack
any might in the world,
don't be shy to admit:
you are illusion's shit.
// go away, don't stay,…..://   (veränderter Text:)

Black Angel, take me on   *Black Angel Can you take me on?*
You haven't won the world,   *I will fight…till I have won…*
I'll fight you completely,
you ugly enemy
// go away, don't stay,…..://

Jetzt. - Jetzt musste der erste Teil der Anrufung wie ein Schrei ertönen, eine trotzig herausfordernd hingeworfene, langgezogene Kriegserklärung.

Der Sänger bewegte sich ein wenig und griff in die Gitarrensaiten. Ein einzelner zarter Ton tropfte ins Dunkel. Dann zwei weitere. Jetzt folgten Akkord und Stimme zugleich. Aber nicht der stolz hausgeschleuderte Angriffston folgte, sondern eine eher fragende Anrede. Ein wenig erstaunt, ein wenig unsicher in der Interpretation. Dann der Text der ersten Strophe in gewohnt trotzigem Gesang.

Katarina zuckte zusammen: dies war ein anderer, als sie ihn kannte, ein fragender, vielleicht sogar nachdenklicher Mann, der da sang.

Noch erstaunter war sie, als der Sänger nach dem ersten Teil den Refrain nur einmal sang und ihn danach als Melodie auf dem Instrument spielte.

Die zweite Anrufung des Engels kam leise, fast schluchzend, und auch der Text wurde zu einer eher zärtlichen Hymne, obwohl er die dunklen Mächte verdammte.

Und wieder spielte er ein Zwischenspiel nur auf drei Saiten der Gitarre.

Katarina öffnete den schwarzen Vorhang am Fenster ein klein wenig. Ein schwacher Lichtstrahl fiel auf den Sänger.

Ja, er war es. Doch wie anders sah er aus. Sein kantiges, von Zweifeln gezeichnetes Gesicht war wieder jugendlich weich geworden. Seine langen schwarzen Haare hingen ihm fast ins Gesicht. Seine Hände, die sie stets beobachtete, wie sie die Akkorde hämmerten, lagen jetzt fast ruhig und leicht auf den Saiten. Seine Schultern zeigten keine Anspannung mehr, und er wankte ein wenig. War er angetrunken? Hatte er Drogen genommen? Wie sollte sie sich die Veränderung erklären?

Jetzt kam die dritte Anrede an den Engel, kraftvoll und triumphierend. Der Text, der folgte war neu, er schien ihn gerade erst zu erfinden.
Mitten in der Strophe brach er ab.
Einige leise Töne auf der Gitarre folgten. Der Sänger setzte sich auf den Rand des Podiums und umarmte die Gitarre wie eine Geliebte.
Er weinte. Dann brach er zusammen.

Katarina schrie. Die Mitarbeiter hinter dem Vorhang kamen und hoben ihn auf. Ein Rettungswagen brachte ihn ins Krankenhaus.

Als er entlassen wurde, erwarteten alle, dass er wieder singen und auftreten würde. Er aber verweigerte sich.
Bald war er nicht mehr im Fokus des allgemeinen Interesses.
Er hatte sich zurückgezogen. Er wurde langsam vergessen.

Katarina kam nicht an ihn heran, er wollte sie nicht sehen.

Wer ihn zufällig traf und ihn wiedererkannte, wunderte sich über den glücklichen Ausdruck auf seinem Gesicht.

Großmutters Geschichten

„Wenn du wiederkommst, erzähle ich dir noch ein Märchen",
versprach die Großmutter ihrer Enkeltochter beim Abschied.
„Woher kennst du so viele Märchen?", fragte die kleine
Sibille.
„Meine Oma hat sie mir erzählt, als ich so klein war wie du."
Sibille staunte: „Du warst auch mal klein? Wirklich?"
„Ja, Sibillchen, jeder Mensch war einmal ein Baby und dann
ein kleines Mädchen oder ein kleiner Junge. Auch Mama und
Papa . Auch sie hörten gerne Märchen."
„Erzähl mal!", rief das Kind.
„Ja, das nächste Mal. Mama wartet schon auf dich am Auto,
ihr müsst los."
Oma drückte Sibille liebevoll an sich, dann saßen Mutter und
Tochter auch schon im Auto und brausten davon.

Die Großmutter setzte sich in ihren Schaukelstuhl und verfiel
in Nachdenken.
So viele Geschichten hatte sie ihr Lebtag gehört: Märchen,
Sagen und Begebenheiten. Die alle konnte sie nicht mehr so
recht auseinanderhalten. In ihrer Erinnerung verschmolzen
sie zu einem endlosen Strom, wechselten ihre Gestalt und
änderten sich bisweilen in der Abfolge des Geschehens. Die
Helden in ihnen rückten einmal in nebelhafte Ferne und zeigten sich in vagen Umrissen, ein andermal traten sie über-
deutlich vor sie hin, so dass ihr oft nicht mehr genau bewusst
war, wie die Geschichten ursprünglich erzählt wurden. Sie
beschloss, weil sie die Freude des Kindes bei ihrem Erzählen
gesehen hatte, Geschichten für Sibille so aufzuschreiben, wie
sie ihr in Erinnerung kamen. Einen ganzen Stoß beschriebener
Blätter häufte sie auf diese Weise an.

Als die Gelegenheit herankam, Sibille wieder einmal für drei Tage bei sich zu haben, sah sie ihre Geschichten durch, um eine passende für das Kind auszusuchen. Dabei stellte sie fest, dass sie einige mehrmals aufgeschrieben hatte. Sie verglich sie miteinander und merkte, dass sie ein- und dieselbe Geschichte manchmal sehr verschiedenartig gestaltet hatte. Sie wunderte sich nicht, denn sie kannte die Art, wie ihr Erinnerungen zufielen. Was sollte sie tun? Welche der unterschiedlichen Fassungen würde am meisten gefallen, die schönste für die Enkelin sein?

Als ihre Tochter mit Sibille eintraf, befragte sie die Tochter. „Mutti, lass alle Geschichten einfach liegen und warte, was die Zeit daraus macht. In ein paar Monaten wirst du vielleicht erkennen, welche die schönste ist. Du musst ein wenig Abstand gewinnen", riet die Tochter.
Und so geschah es. Die beschriebenen Seiten kamen in eine Schachtel, die sich doch mehr und mehr füllte. Weihnachten wollte die alte Frau sie in aller Ruhe lesen. Dazu kam es nicht mehr. Die Großmutter starb im Herbst.

Die Geschichten aber wurden von ihrer Tochter an einen Verleger gegeben, der die schönsten in einem kleinen Büchlein zusammenstellte. Als Sibille später lesen konnte, gab die Mutter ihr das Büchlein.
Sibille hält es heute noch in Ehren.

Im Krankenhaus – mit ‚Eule'

Susanne lag im Bett. Ihr Kopf schmerzte, als sie die Augen blinzelnd öffnete und die Helligkeit sie traf. Warum lag sie im Bett, warum auf dem Rücken? Eben war sie doch Mama entgegen gelaufen vor der Schule!

Jetzt schmerzte auch ihr rechtes Bein. Sie merkte, dass es erhöht gelagert war.

„Susanne", sagte eine weibliche Stimme, „da bist du ja."

Susanne öffnete die Augen vollends und sah in das Gesicht einer jungen Krankenschwester. Die Schwester lächelte sie freundlich an. „Ich bin Schwester Renata", sagte sie leise, „du liegst hier im Krankenhaus, du hattest einen Unfall. Dabei hast du dir das Bein gebrochen. Keine Angst, Susanne, deine Mutter kommt in einer halben Stunde. Sie hat deinen Unfall beobachtet und kann dir sagen, wie alles gekommen ist. Ich bleibe solange bei dir, wenn du möchtest."

„Kann ich was trinken?", fragte Susanne.

„Aber ja, was möchtest du denn gerne?"

Als Susannes Mutter kam, fand sie ihre Tochter in einem Gespräch mit Schwester Renata. Beide lachten gerade.

„Nun, da ist deine Mutter schon, jetzt kann ich mich um die anderen kranken Kinder kümmern. Ich sehe dann später nach dir."

„Mama, was ist passiert? Sag doch schon!"

„Du wolltest zu schnell vom Schulhof zu mir und hast nicht nach rechts und links geschaut", berichtete die Mutter und strich ihrer Tochter sachte über das Haar. „Ein Fahrradkurier konnte nicht mehr bremsen und hat dich umgefahren. Zum Glück fielst du auf den Fußweg. Wenn du auf die Straße gefallen wärest, hätte alles viel schlimmer ausgehen können. Viele Autos kamen gerade vorbei. Nicht auszudenken…!"

„Ist es sehr schlimm? Mein Bein tut weh und mein Kopf."

„Du hast eine kleine Gehirnerschütterung, davon kommen die Kopfschmerzen. Die werden bald vergehen", tröstete die Mutter. „Dein Bein hat es schlimmer erwischt. Es ist am Knöchel gebrochen. Da hat man mehrere Knochen. Das ist alles sehr kompliziert. Die Ärzte haben dich operiert und die Knochen mit Schrauben und Drähten in die richtige Lage gebracht, damit du später wieder gut laufen kannst."

„Muss ich lange hier bleiben?"

„Das können die Ärzte noch nicht sagen. Sie meinen, das hängt auch von dir ab, wie viel du dich bewegst, wie ungeduldig du bist - oder ob du still liegen kannst."

„O je, das wird langweilig. Was soll ich denn im Bett bloß anfangen all die Zeit?"

„Ich habe dir deinen iPod mitgebracht, da kannst du alle deine Lieblingsgeschichten hören oder Musik. Deinen Teddy habe ich dir auch eingepackt und Malsachen. Vielleicht darfst du ja bald sitzen. Und alle zwei Tage kommt eine Lehrerin und übt mit dir, damit du später nicht zu weit zurück bist in der Schule."

Susanne seufzte. Sie konnte sich so viel Zeit im Liegen nur langweilig vorstellen. Aber sie wollte Mamas große, tapfere Tochter sein, und klagte nicht laut.

Am dritten Tag, als die Kopfschmerzen verschwunden waren, fand Susanne es sehr, sehr eintönig. Schwester Renata konnte sie nicht immerzu mit Beschlag belegen, und ihre Eltern kamen erst am frühen Abend, wenn ihre Arbeit beendet war.

Plötzlich ging die Tür einen Spalt weit auf, dann klopfte es.

„Herein", sagte Susanne verwirrt.

Ein fremder Mann steckte vorsichtig seinen Kopf durch den Türspalt und fragte leise: „Susanne, darf ich reinkommen?"

„Wer sind Sie?", fragte Susanne gespannt.

„Ich bin Eduard, der schnellste Kurier in der Stadt. Ich bin derjenige, der mit dir zusammengestoßen ist. Ich wollte mich bei dir entschuldigen."

Mit diesen Worten trat er vollends ins Krankenzimmer und legte Susanne ein Päckchen auf die Bettdecke.

„Dein Bein in dem Gestell sieht furchterregend aus. Hast du große Schmerzen, armes Kind?"

„Es geht. Wenn ich das Bein ganz still halte, merke ich nichts. Aber Stillhalten ist so schwer!"

„Das kann ich mir vorstellen. Deshalb habe ich dir einen Vorschlag zu machen."

Voller Neugier sah Susanne Eduard an.

„Mit deinen Eltern habe ich schon gesprochen. Sie haben nichts dagegen."

„Wogegen denn?"

„Dass ich jeden Nachmittag eine Stunde zu dir komme und dir Geschichten erzähle. Oder mich mit dir unterhalte, ganz wie dir zumute ist."

Lange betrachtete Susanne den Mann. Er sah ganz nett aus. Er war nicht mehr jung, aber auch noch nicht alt. Er hatte ein nettes Lächeln und eine angenehme Stimme – so ähnlich wie Papa. Er war nicht nach der neuesten Mode gekleidet, ganz normal eben. Seine Hände waren schlank und kräftig. Das einzige, was sie ein wenig störte, war seine Nase. Die war zu lang und gebogen, fast wie ein Vogelschnabel. Aber dafür konnte der Mann ja nichts.

„Du kannst mich ‚Eule' nennen", schlug Eduard vor, als er Susannes Blick auf seiner Nase spürte. Susanne wurde rot und verlegen. „Doch, wirklich! Alle Kinder, die ich kenne, dürfen mich so nennen", versicherte der Mann und lachte herzhaft.

Er rückte sich nun einfach einen Stuhl ans Bett und begann ohne Ankündigung zu erzählen. Um die Geschichte spannender sein zu lassen, bewegte er seine Hände und sein Gesicht mal ernsthaft, mal komisch. Susanne verfolgte alles sehr genau. Sie fand, dass Eduard jetzt wirklich wie eine Eule aussah, die mit den Flügeln ruderte. Und wie er dabei erzählen konnte!

Dann war die Geschichte zu Ende. Beifall erklang von der Tür her. Erstaunt blickten Susanne und ‚Eule‘ auf. Schwester Renata stand im Türrahmen mit einem Stück Kuchen und dem Kakao für den Nachmittag. Sie stellte schnell das Tablett auf den Nachttisch und eilte davon, noch ein Stück Kuchen und eine Tasse Kaffee zu holen.
Als beide den Kuchen verzehrt hatten, musste ‚Eule‘ wieder gehen. An der Tür machte er eine tiefe Verbeugung und sagte mit feierlicher Stimme: „Morgen um dieselbe Zeit, Prinzessin.“
Dann war er verschwunden.
Susanne bemerkte das Päckchen auf ihrer Bettdecke. Das hatte sie ganz vergessen, und bedankt hatte sie sich auch nicht dafür.
Sie wickelte vorsichtig das Seidenband ab, öffnete das bunte Papier und staunte…

Attentat

Seit mehr als 150 Jahren war es bei ihnen Tradition, dass alle, aber auch alle, die zur Familie gehörten, sich zwei Wochen nach dem Tode des Letztverstorbenen am Grab trafen, um seiner zu gedenken. Auf diese Weise hielt man einen Familien-Clan zusammen! Und wehe, es fehlte einer!
So hatten es die Urgroßväter bestimmt, nachdem sie gemeinsam in das gelobte Land, wo angeblich Milch und Honig floss, geflüchtet waren.
Inzwischen war der Clan groß und größer geworden. Viele trugen nicht mehr den ursprünglichen Namen, weil die Frauen geheiratet hatten, von der geheiligten Tradition aber nicht lassen konnten und wollten.

Und jetzt war Nathaniel gestorben, völlig überraschend und mitten in der Urlaubszeit. Es war viel zu bedenken deswegen: die schnelle Heimreise oder zumindest eine Unterbrechung der Ferientage musste geplant werden. Wer noch nicht verreist war, musste wichtige Termine absagen und die Treffen neu vereinbaren. Im Grunde war es ihnen lästig, auf die Feier gehen zu müssen. Aber es war nun einmal so. Sie alle hatten es gut getroffen und waren in wichtigen Positionen − auch die Frauen. Sie waren in der Tat eine prosperierende Großfamilie. Ihre Urgroßväter könnten stolz auf ihre Nachkommen sein.

In dem kleinen Ort am Rande des großen Naturparks lebte Simon, ein verbitterter junger Bursche. Er hatte es schon lange satt, auf den Treffen erscheinen zu müssen. Er kannte nur wenige aus dem Clan und hatte eigentlich keine weiteren Beziehungen zu ihnen als eben diese Treffen am Grab irgendeines ganz entfernten Verwandten. Aber alle schienen ein Interesse an ihm zu haben und bedachten den jungen Mann stets mit besserwisserischen Ratschlägen, wie er im Leben vorankommen könnte. Simon war bei der Feuerwehr. Weiter hatte er es nicht gebracht.

In seiner Zeit beim Militär hatte er gelernt mit Feuerwaffen, Sprengstoff und Bomben umzugehen. Jetzt kam ihm eine großartige Idee.

Auf dem Grab des Verstorbenen lagen noch Reste von den Kränzen und Blumengestecken der privateren Begräbnisfeier vor einer Woche. Um das Grab herum standen jetzt etwa 80 Personen, in tiefes Schwarz gekleidet. Sie sahen sich zum Teil etwas ratlos an, denn viele wussten nicht genau, wer der oder jener war, und in welchem Verwandtschaftsverhältnis sie eigentlich standen.

Anatol, der deutlich Älteste, begann seine Rede damit, dass er bat, alle sollten sich doch bitte an den Händen fassen und eine Minute in Schweigen an den lieben Verstorbenen denken. Es dauerte eine kleine Weile, bis sich ein Doppelkreis gebildet hatte, in dem sie sich alle an den Händen halten konnten.

Mitten in das Schweigen ertönte eine laute Explosion. Wo sie herrührte, bekam keiner mit, denn alle wurden durch sie getötet. Menschen an den Nachbargräbern blieben nicht verschont.

Als Polizei, Rettungsdienste und die Feuerwehren auf dem Friedhof ankamen, bot sich ihnen ein Bild der Verwüstung. Die Hälfte des Friedhofs gab es nicht mehr, sie war ein Chaos aus Erde, Schutt von den Grabsteinen und menschlichen Überbleibseln. Solch ein gewaltiges Attentat war nicht einmal aus den Krisengebieten im Orient bekannt. Dabei war hier keine Autobombe hochgegangen, denn ein Autowrack war nicht zu finden. Die Bombe musste aus dem Innern der Erde gezündet worden sein.

Die Polizei nahm die Ermittlungen auf. Anhand einer Liste, die eigentlich jedes Oberhaupt der einzelnen Familien im Computer hatte, konnten zumindest die Namen der Opfer zugeordnet werden.

Wer verantwortlich war, konnte allerdings nicht festgestellt werden, denn auch Simon war als ein Opfer registriert worden. Ein Bekennerschreiben gab es nicht. Von Staats wegen wurden nach und nach die Wohnungen der über das ganze große Land verstreuten Opfer durchsucht. In Simons Haus war nichts zu finden, er hatte alle Spuren in der Zwischenzeit gründlich beseitigt.

Unter falschem Namen lebte er fortan ohne Belästigung durch Todesfälle einer Familie, die ihm gleichgültig und fremd gewesen war.

Mörderin…?

Die Tür fiel mit einem lauten, endgültigen Krach zu.
Er war weg. Endlich. Und hoffentlich für immer.
Ich lief zum Fenster und schaute ihm nach, wie er mit zornigen Schritten auf das Taxi losstürmte.
Dann rief ich die Handwerker an.
Sie kamen schnell und bauten alle Schlösser aus und andere ein. Falls Heinz noch einen Schlüssel für irgendeine Tür bei sich hatte, es würde ihm sowieso nichts nützen.
Dann erst beruhigte ich mich. Ich setzte mich an den noch gedeckten Kaffeetisch und schnitt ein Brötchen auf. Ich goss aus der Thermoskanne Kaffe in die noch unbenutzte Tasse und trank genüsslich die ersten Schlucke. Das Brötchen bestrich ich dick mit Butter und legte vier Scheiben Schinken darauf.

Endlich konnte ich tun, was ich wollte. Keine Überwachung meiner Essgewohnheiten mehr, kein ewiges Grammzählen, kein Nörgeln und keine strafenden Blicke. Und – ich war unschuldig geblieben! Heinz hatte nichts von dem Kaffee getrunken…trotzdem war ich ihn los.

O je! Aber ich, **ich** hatte den Kaffee gewohnheitsmäßig und gierig geschluckt! Ohne an das Gift zu denken!
Nun bloß ins Badezimmer, ehe es zu wirken begann!
Vor die Toilettenschüssel kniete ich mich ohne Bauchschmerzen. Ich steckte den Finger in den Hals und würgte. Das war ich gewöhnt. Heimlich hatte ich oft viel zu viel gefressen und, bevor er heimkam, wieder ausgekotzt.
Ein bisschen braune Brühe konnte ich hochwürgen, dann kam wie immer nur noch Magensaft.

63

Zitternd legte ich mich auf mein Bett und wartete.

Ich muss wohl eine ziemliche Zeit geschlafen haben. Ein schriller Ton weckte mich auf. Das Telefon. Ich griff nach dem Hörer.
„Hier bin ich, dein Heinz. Ich hab den Beweis."
„Was für einen Beweis?"
„Den Beweis, dass du mich vergiften wolltest."
„Hä???"
„Ich habe die Kaffekannen vertauscht. Du hast doch zwei identische für die Maschine. Die, die du heute Morgen auf den Tisch gestellt hast, habe ich mit Handschuhen sicher eingepackt. Sie werden also nur deine Fingerabdrücke finden."
„Aber…"
„Den Kaffe, den du vielleicht nicht getrunken hast, den habe ich während deines Schlafs gebraut."
Ich schmiss den Hörer auf die Gabel. Alles umsonst. Ich musste schnellstens weg.
Ich holte den Schmuck aus dem Safe, das Geld und die Kreditkarten. Steckte alles in einen unauffälligen Stoffbeutel und rannte zur Hintertür.
Da klingelte es auch schon an der Haustür.
Bloß schnell weg! Fast blind vor Angst raste ich die Büsche entlang über den Rasen. Ich verlor den Halt.

Verflucht, nun hocke ich in dem Grab, das ich die letzten Tage mit so viel Mühe ausgehoben hatte. Ich hatte es doch extra tief gemacht.
Es dauert sicher nicht mehr lange, bis sie mich finden.
Ohne Leiter komme ich hier nicht raus. Und die lehnt noch immer am Kirschbaum.

Logo

„Logo" sagte Toni und guckte etwas geistesabwesend in sein halbvolles Bierglas.

„Hast du überhaupt zugehört?", fragte Bernd skeptisch.

„Klar doch, geht in Ordnung, Mann. Logo", antwortete Toni etwas ärgerlich.

Er hatte nur halb hingehört, als Bernd ihm den neuesten Plan in allen Einzelheiten erläuterte, denn ihm ging Ayla nicht aus dem Kopf. Er sah ständig ihr Lächeln vor seinen Augen. Auf der Oberfläche des Biers hatte er es deutlich wahrgenommen.

„Also, dann los, Toni. Hinter der Baufirma am Rand des Waldes treffen wir uns dann."

„Logo. Ich fahr dann schon mal."

„Hast du auch die Seile dabei?"

„Klar doch, liegen hinten."

Toni trank hastig sein Bier aus, riss seine Gedanken zusammen und stieg in den Transporter. Vorsichtig rangierte er aus der Parklücke und fuhr in vorschriftsmäßigem Tempo durch die Straßen der Stadt. Etwas außerhalb drehte er dann auf, denn hier war keine Geschwindigkeitskontrolle zu erwarten. Die Straße endete am städtischen Wald auf einem Parkplatz für Wanderer.

Das Warten dauerte und dauerte. Hatte er vielleicht etwas nicht mitbekommen? Da klingelte auch schon sein Handy.

„Ja? Ist es soweit? Was soll ich tun?", fragte er aufgeregt.

„Alles, wie besprochen, Toni."

„Ähem….was als erstes?"

„Mensch, Penner, du hast doch nicht zugehört. Komm erst mal mit der Karre ans hintere Tor der Baufirma und park den Wagen etwas versteckt."

„Wird gemacht. Logo". Toni ließ den Wagen an und fuhr ohne Licht ein paar hundert Meter weiter unter eine Trauerweide. Er stieg aus und postierte sich an der Toreinfahrt. Das Tor war natürlich zu dieser Stunde geschlossen.

Bernd reichte ihm durch die Stäbe eine ziemliche Ladung halblanger Rohre, die Toni im Wagen verstaute. Eine weitere Ladung bestand aus einer zerlegbaren Aluminiumleiter. Dann kamen zwei schwere Eimer mit Außenwandfarbe, die aber nicht durch die Stäbe des Tors passten. Bernd stellte sie ab und holte eine zweite Leiter, mit der er am Tor hochkletterte. Er reichte sie rüber. Doch als Toni sie in die Hand bekam, verlor er das Gleichgewicht und fiel hintenüber.

„Idiot", zischte Bernd.

Benommen rappelte Toni sich auf. Er nahm die Eimer und schleppte sie mühsam zum Kleintransporter.

Da hörte er Hundegebell am Tor und eine barsche Männerstimme, die Bernd etwas zurief. Das klang sehr unfreundlich und wie ein Befehl. Toni verkroch sich hinter das Steuer und wartete angstvoll.

Er bekam mit, wie Bernd und der andere Mann sich in Richtung der Gebäude bewegten. Als weiter nichts geschah, ließ er den Motor an und fuhr langsam wieder zum Parkplatz, auch diesmal ohne Licht.

In der Ferne hörte er die Sirenen zweier Polizeiwagen. O je, der arme Bernd!

Toni fuhr den Weg, in dem er vor Stunden gekommen war, zurück in die Stadt. Die dahinjagenden Polizeiwagen beachteten ihn nicht. Glück gehabt. Logo, die konnten ja nicht wissen, dass Bernd einen Komplizen gehabt hatte.

Würde Bernd dicht halten? O Gott, wenn der etwas verriet, vielleicht auch nur unfreiwillig?

Toni in seiner Panik wusste keinen besseren Ausweg als zu Ayla zu fahren. Sie wohnte in einer wenig anrüchigen Straße. Wohnblocks, sehr gepflegt, standen dort und Einfamilienhäuser. Da würden sie nicht zuerst suchen. Er fuhr noch einige Seitenstraßen weiter und parkte am Straßenrand. Kein Schild, das das Parken verbot, davon überzeugte er sich.

Toni ging zurück und klingelte an Aylas Wohnung. Es war das erste Mal und er war sich nicht sicher, dass sie ihm aufmachen und ihm zuhören würde.
Sie machte auf.
„Nanu?!! Was führt dich denn hierher zu einer solchen Stunde, wir kennen uns doch kaum."
„Ja, logo, ich weiß", stammelte er, „aber ich muss dich sprechen. Ich brauche Hilfe."
Sie ließ ihn ein, brühte ihm einen Apfeltee und hörte geduldig zu.
„Du bist ein kompletter Idiot! Wie konntest du dich nur auf solche kriminellen Sachen einlassen! Das hätte ich nie von dir gedacht!"
War das ein Zeichen von einer gewissen Zuneigung? Tonis Herz flatterte.
„Eigentlich bist du schuld…", fing er an.
„Iiich??? Wie kommst du darauf, wir haben doch fast nie Worte miteinander gewechselt!"
Ayla wollte aufstehen, aber Toni hielt sie am Ärmel zurück.
„So meine ich das ja auch nicht. Als Bernd mir von seinem Plan erzählte, hab ich nur an dich gedacht. Ich habe ihm zugestimmt, ohne zu wissen…"
„Idiot!", schrie Ayla noch einmal. „Was machen wir jetzt?"

Sie beratschlagten eine ganze Weile. Toni würde die Nacht bei ihr verbringen (aber nicht mit ihr) und am Morgen so lange bleiben, dass die Nachbarn ihn aus dem Haus gehen

sehen konnten. Sie würden dann auch gemeinsam noch in dem kleinen Bistro an der Ecke frühstücken.
Und so geschah es.

Als sie gerade den letzten Kaffeerest austrinken wollten, kamen zwei Polizisten auf Toni zu. Alles Leugnen half nichts, Bernd hatte alles verraten, der Wagen war schon gefunden worden.
Toni wollte nicht in den Kopf, wie Bernd seinen nächtlichen Aufenthaltsort gewusst haben konnte, denn von Ayla hatte Toni ihm nie etwas erzählt.
„Wie haben Sie mich gefunden?", fragte er den scheinbar netteren der Polizisten.
„Handyortung."
„Äh…Handyortung? Was?…Wie?…Ah, …logo."

Henriettes „Fall"

Henriette liebte Krimis über alles. Es verging kein Vormittag, den sie nicht vor dem Fernseher verbrachte, um die neueste Folge einer SOKO- soundso- Reihe zu verfolgen. Auch am Abend versäumte die ältere Dame keinen „Tatort" oder eine der amerikanischen Serien.
Vielfach hatte sie den Mörder oder sonstigen Verbrecher schon vor den Bildschirm-Kommissaren ausfindig gemacht, sein Motiv erkannt und ihn sozusagen verhaftet. Es wurde Zeit, dass sie im wahren Leben ein Verbrechen aufdeckte und den Fall löste.

Dabei kam ihr ein Zufall zu Hilfe. Aus einer Tageszeitung vom 3. November, die zerknüllt auf dem Treppenabsatz zu ihrem Mietshaus lag, erfuhr sie, dass dringend ein Bankräuberpärchen gesucht wurde, bevor es erneut zuschlagen konnte.
Ja, das war etwas für Henriette, denn drei Häuser weiter hatte kürzlich die Filiale eines bekannten Geldinstituts ihren Geschäftsbereich eröffnet.
Henriette, die dunkle Verlockungen für bestimmte Typen, wenn nicht gar für das gesuchte Pärchen voraussah, ging am Nachmittag in die Filiale und besah sich die Räumlichkeiten, die für das Publikum offenstanden. Da gab es wie in jeder anderen Bank Kontoauszugsdrucker, Geldautomaten, zwei panzerglasgeschützte Kassen und etliche Beratungstresen samt Sitzecken für Kundengespräche.
Henriette überlegte, wo und wie ein Verbrechen sich hier abspielen könnte.
Sie legte sich von nun an sozusagen auf die Lauer.
Abends verzichtete sie auf Nachrichten, Krimis und Liebesfilme. Stattdessen verdunkelte sie ihr Appartement und

versteckte sich mit einem Fernglas und einer Fotokamera hinter dem Wohnzimmerfenster, von dem aus sie die beste Sicht auf die Filiale hatte.

Mehrere Tage geschah nichts Ungewöhnliches. Doch dann tauchte immer öfter ein mit Schal und Hut bekleideter Mann gegen 20.30 Uhr vor der Bank auf, sah in die großen Fenster. Er blieb jedes Mal ungefähr eine Stunde in der Nähe. Sie fotografierte ihn mit dem Teleobjektiv.

Eines Abends sprach ihn ein anderer Mann an. Beide Männer gestikulierten beim Reden, zeigten in eine bestimmte Richtung, dann ging der Mann wieder weg. Am übernächsten Abend schien es eine Frau zu sein, mit der sich der Verdächtige offenbar verabredet hatte. Sie stieg aus einem Taxi, trat auf den Mann zu, gab ihm etwas in die Hand. Daraufhin stieg sie in ein abgestelltes Auto und brauste davon.

Henriettes Jagdinstinkt war nun geschärft, sie war überzeugt, da braute sich etwas zusammen. Am nächsten Abend blieb der Mann aus. Vor der Bank blieb alles ruhig, nur wenige Menschen hasteten an ihr vorbei.

Am übernächsten Abend aber geschah das Unerhörte: Die Haustür neben der Filiale öffnete sich, der Mann in Schal und Hut trat ungewöhnlich spät heraus. Er hatte eine prall gefüllte Plastiktüte von ALDI in der einen Hand, mit der andreren zerrte er eine Frau hinter sich her, stieß die Frau in einen parkenden Wagen, stieg selber ein und raste mit großer Geschwindigkeit davon.

Henriette rief die Polizei.

Wenig später kamen zwei Beamte in ihre Wohnung und fragten sie aus. Sie schilderte, was sie in den letzten Wochen beobachtet hatte. Zur Täteridentifikation gab sie ihnen ihren Fotoapparat mit.

Als sie gegangen waren, legte sie sich zufrieden ins Bett, um endlich einmal wieder richtig zu schlafen.

Sie bekam nicht mit, dass sich die Fenster der Filiale erhellten, Beamte ein- und ausgingen, weil ein eilends hergerufener Angestellter die Tür geöffnet hatte. Es stellte sich heraus, dass alles unberührt war. Einbruchsspuren am Hinterausgang konnten sie ebenfalls nicht finden. Die Alarmanlage befand sich in Bereitschaft. Die Überwachungskameras hatten nichts aufgezeichnet.

Henriette war völlig durcheinander, als am Vormittag Polizeibeamte sie mit auf das Revier nahmen, um sie noch einmal zu verhören. Sie erzählte ihre Geschichte minutiös und verwies auf die Aufnahmen in ihrer Kamera. Deutlich konnte man den Mann in Schal und Hut erkennen.

„Wissen Sie, wer das ist?", fragte einer der Beamten.

„Ich kenne ihn nicht, aber er muss der Bankräuber sein."

„Es hat keinen Überfall gegeben", wurde sie aufgeklärt, „deshalb müssen Sie davon ausgehen, dass wir Anzeige erstatten. Sie werden den unnötigen Einsatz bezahlen müssen. Genaueres entscheidet das Gericht, wenn es zur Verhandlung wegen Irreführung der Polizei kommt."

Henriette hielt sich mit Mühe an der Tischkante fest. „Kein Überfall...", murmelte sie wie im Traum, „...was war es dann?"

„Ein simpler Ehestreit. Wir haben den Mann aufgrund der Fotos ermittelt und befragt. Seine Frau war zu ihrer Freundin gezogen, und er hat sie nach einer vielleicht etwas unsanften Aussprache zurück geholt."

„Wie in dieser Krimiserie am Vormittag", strahlte Henriette, bevor sie nun doch in Ohnmacht fiel.

Blüten

Auf einer grünen Tischdecke lagen zwei Rosenblüten und ein Geldschein. Ein Mann hatte sie mit viel Geduld so hingelegt, dass er ein Foto von ihnen machen konnte. Es sollte ein Gutschein für ein Geschenk werden.

Ein greller Blitz leuchtete. Der Mann legte eine der Rosen an eine andere Stelle, zupfte den Geldschein ein wenig zum Stiel hin, und wieder schoss ein greller Blitz aus seiner Kamera. Danach ereignete sich nichts mehr. Der Mann verließ den Tisch und verschwand.

Nach einer Weile kam er zurück und legte zwei Fotos neben die Rosenblüten. Er verglich die Farben und prüfte die Schatten und die Schärfe der Aufnahmen.
Sehr zufrieden sah er nicht aus.
Der Mann hielt nun eine Lupe vor sein rechtes Auge. Das linke kniff er zu.
Plötzlich atmete er heftig. Er riss den Geldschein an sich und richtete die Lupe nun auf diesen.
Irgendetwas stimmte nicht. Es fehlte eine Zahlenreihe.

„Verflucht" stieß der Mann hervor. Er schaute grimmig.
Dann lachte er schallend, nahm die beiden Fotos in die Hand und rief laut:
„Gisela, komm! Schau dir das an: Blüte an Blüte!"

„Die Bullen kommen"

Erni kroch unter dem Weidezaun hindurch. Bert folgte ihm mit dem in schwarzer Plastikfolie gut verschnürten Paket.
Erni keuchte: „Mannomann, das war knapp."
„Ja", flüsterte Bert. „Ob die Bullen uns schon dicht auf den Fersen sind?"
„Ich glaube nicht. Wir haben sie durch den Fahrzeugwechsel sicher verwirrt und abgehängt."
„Wo wollen wir das Paket denn verstecken?", fragte Bert ungeduldig. „Viel Zeit haben wir nicht, wenn das Alibi nicht platzen soll. Wir müssen zurück sein, bevor die Kneipe schließt."

Sie blickten sich im schwachen Mondlicht auf der Weide um. Das Vieh lag und käute wider, man konnte ihre malmenden Gebisse hören.
„Kein Merkmal hier, das wir später wiederfinden könnten", bemerkte Bert enttäuscht.
„Doch – da hinten ist ein Wasserloch! Das wird so schnell nicht austrocknen. Da können wir uns Zeit lassen, bis wir die Beute abholen können. Und ein Loch graben, müssen wir auch nicht."
„Inzwischen ist dann Gras über die Sache gewachsen", grinste Erni.

In der Ferne ertönten Martinshörner. Sie stürmten ungestüm vorwärts.
„Mach schnell", zischte Erni, „wirf das Paket ins Wasser!"
Bert schrie voller Entsetzen: „die Bullen!"
„Sind doch noch weit weg", meinte Erni, bevor er einen gewaltigen Schlag vor die Brust bekam und er umfiel. Auch

Bert erwischte es, ein Horn schlitzte seinen Rücken auf. Beide konnten der Stampede der wütenden Bullen nicht entgehen.

Als die Polizisten wenig später das Motorrad fanden und auf der Weide nachschauten, kam jede Hilfe zu spät. Sie suchten vorsichtig mit langsamen Bewegungen die Weide nach der Beute ab, immer auf der Hut, die Bullen nicht ein zweites Mal zu reizen.

Im Sommer trocknete das Wasserloch ziemlich aus.
Gras wuchs über das Paket.

Sein erster/letzter Tag

„Ich komme eine Stunde später, bleib solange im Bett". Und schon war aufgelegt.

Sein Wärter und Helfer würde sich also verspäten. Welch eine Gelegenheit!

Don sprang aus dem Bett, zog sich schnell an, nahm alles Geld, das er in bar zur Verfügung hatte, und verschwand aus der kleinen Wohnung, die neben dem Institut für ihn angemietet worden war.

Nach zehn Jahren des Eingefrorenseins war er vor mehreren Wochen vorsichtig wieder aufgetaut worden. Die Ärzte, die das Experiment geleitet hatten, gaben ihm einen Betreuer, der ihm das tägliche Leben wieder zugänglich machen sollte. Für seine Bereitschaft zum Experiment hatte er eine sehr hohe Summe kassiert.

Nun war die Stunde der Bewährung ge-kommen. Er würde es schaffen und allen beweisen, dass er wieder Anschluss an die verlorenen Jahre gefunden hatte. Don trat durch den Hintereingang des großen Gebäudes und verschwand im Park. Von da aus begab er sich zu einer Straße, die ihn weiter ins Innere der Stadt führen sollte. An einem HOT-DOG-Stand kaufte er sich ein Frühstück. Dann bummelte er weiter und verlor sich im Straßengewirr der Innenstadt.

Er aß zu Mittag in einem edlen Restaurant, wo er die Frauen beobachtete. Frauen waren ihm fremd. Damals mit 25 Jahren hatte er mehrere kurze Affären gehabt, war aber nie besonders beeindruckt gewesen. Heute erschienen ihm die Frauen geheimnisvoller als damals. Den Nachmittag verbrachte Don in einem Park, wo er im Gras ein kleines Mittagsschläfchen hielt. Danach wanderte er weiter.

Er wurde von einer Reklametafel angezogen, auf der das Paradies für Billard keck verkündet wurde. Er betrat das Etablissement und versuchte sich im Billard, das er früher wie ein Meister beherrschte. Zu seinem Ärger aber versagte er kläglich. Offenbar hatte das lange Gefrorensein seine Koordinationsfähigkeit deutlich beeinträchtigt. Da trat der Wirt auf ihn zu: „Willst du Geld wagen und Geld machen?"

Don ahnte, was der meinte, und stimmte zu. Er wurde in ein Hinterzimmer geführt, in dem an mehreren Tischen gepokert wurde.

Das war etwas Neues. Don ließ sich das Spiel erklären, spielte ein paar Spiele auf Probe, die er zum größten Teil gewann. Und dann ging es ernsthaft los. Er gewann und verlor in bunter Reihe.

Als sein Bargeld ausging, ließ er sich von einem Spielkumpel zum Geldautomaten der nahegelegenen Bank begleiten, ließ sich erklären, wie das mit der Bankkarte vor sich ging, ließ den Kumpel die erforderlichen Nummern eingeben. Zu seinem Erstaunen spuckte der Automat die gewünschte Summe an Geldscheinen aus.

Im Hinterzimmer ging das Pokern weiter. Don gewann jetzt jedes Spiel. Die Banknoten häuften sich vor ihm.

Nach Mitternacht spürte Don Durst. Das Trinken hatte er bis jetzt vermieden, weil die Ärzte ihn davor gewarnt hatten. Jetzt aber wollte er seinen Sieg mit einer Runde Champagner feiern.

Als die Wirkung des ungewohnten Alkohols einsetzte, raffte er das viele Geld zusammen, ließ sich vom Wirt eine Plastiktüte geben und stopfte es hinein. Mit einer Umarmung verabschiedete er sich von jedem der Spieler an seinem Tisch und ging unsicheren Schrittes auf die Straße.

An der übernächsten Querstraße wurde er niedergeschlagen, ausgeraubt und liegen gelassen. Wenig später fuhr ihm ein Auto über den Schädel.

Die Polizei konnte dem Institut nur noch seinen Leichnam zur wissenschaftlichen Analyse überstellen.

Stille

Mark wohnte an einer der belebtesten Straßen in Oklahoma City. Tag und Nacht rauschte der Verkehr mit unbeschreiblichem Lärm an dem Appartementblock, in dem er in 13. Stock wohnte, vorbei. Er konnte nur schlafen, wenn er sich die Ohren schützte. Aber dann hörte er oft den Wecker am Morgen nicht.

Es war Samstagnacht. Der Verkehr war nicht ganz so dicht wie an den Wochentagen, der Lärm ein wenig erträglicher. Mark versuchte, ohne Ohrenstöpsel zu schlafen. Plötzlich wachte er auf. Irgendetwas war anders als sonst, beunruhigend anders. Er lauschte.

Aha, gar kein Verkehrslärm, nicht von einem einzigen Auto. Mark trat ans Fenster und schaute hinaus. Die sonst so belebte Straße lag still und verlassen unter ihm. Nichts war zu sehen als schemenhaft zwei Menschen, die nebeneinander gingen. Beruhigt legte Mark sich wieder hin und schlief den Schlaf der Gerechten, wie man so schön sagt.

Die Sonne stand hoch am Himmel, als er endlich aufwachte. Etwas fehlte: das Rauschen des Verkehrs blieb aus – immer noch.

Mark kochte sich Kaffee und trat mit einer gefüllten Tasse ans Fenster. Kein Gefährt weit und breit auf der sechsspurigen Straße, auch kein parkendes auf dem Platz neben der Bank. Aber viele Menschen liefen durcheinander, als suchten sie etwas.

Mark zog sein Handy aus der Tasche seines Arbeitsanzugs und wählte die Nummer seines Freundes Ed. Kein Klingelzeichen ertönte, die Leitung blieb stumm. Zu ärgerlich, hatte er

vergessen, das Handy zu laden? Er versuchte es mit dem Telefon, aber auch dort blieb die Leitung tot.
Verärgert fuhr Mark mit dem Fahrstuhl in die Tiefgarage, um sein Auto zu holen und zu Ed zu fahren. Die leeren Straßen mussten ihm ja gute Fahrt erlauben.

In der Tiefgarage war alles leer. Kein Auto, kein Lieferwagen von Mr. Toros, kein Motorrad der Rockerband waren zu entdecken. Mark kam in Panik.
„Was, verdammt, ist hier los?" schrie er aus vollem Hals.
Niemand hörte ihn, kein Mensch hielt sich hier auf.
Auf der Straße waren alle genauso ratlos wie Mark. Wen er auch fragte, keiner wusste eine Antwort. Die wildesten Gerüchte wurden weitergereicht: es wäre Krieg, Geister hätten alles verzaubert, der Präsident hätte allen Verkehr verboten, um geheime Machenschaften zu verschleiern usw. usw.
Der Lärm, den die aufgescheuchten Menschen verursachten, schwoll immer weiter an.

Der Himmel färbte sich langsam grün. Wie auf einem riesigen Bildschirm erschienen seltsame Zeichen. Allmählich formten sie sich zu Buchstaben. Eine Botschaft: **„An alle Bewohner! Wir sind in friedlicher Absicht hier. Wir können keinen Lärm ertragen. Solange wir hier sind, bleibt in euren Häusern! Nahrung und Getränke werden euch geliefert. Bitte absolute Ruhe bewahren! In die Häuser!"**
Darauf erschien das Bild außerirdischer Wesen.
Die Leute schrien laut auf: „Wir sind überrannt worden!"
Und schon regnete es roten Regen, der nun alle wirklich in die Häuser trieb.
Mark fand das ganze eigentlich lächerlich. Dann aber besann er sich, und Freude stieg in ihm auf: Ferien! Unverhoffte Ferien in totaler Ruhe!
Wie lange?

Nächtliches Telefonat

Das Telefon neben meinem Bett läutete. Schlaftrunken schaltete ich das Licht an und griff zum Hörer. Ein Blick auf den Wecker verriet mir, dass es erst kurz nach 4 Uhr war. Wer um alles in der Welt konnte das sein?

„Ja?", meldete ich mich.

"Rede mit mir!", tönte es herrisch aus dem Hörer.

„Wer ist denn da?"

„Rede mit mir! Sonst…" . Die Stimme klang schrill und aufgeregt. Ich hatte sie noch nie gehört.

„Also", fing ich lahm und gedehnt an, dann brach mein Ärger los: „Ich werde nachts nicht gern gestört! Verdammt noch mal! Schon gar nicht, wenn ich gerade erst eingeschlafen bin!" schrie ich unbeherrscht. „Und wenn du dir da am anderen Ende einen Scherz erlaubst, dann soll dich…".

„Nein! Rede mit mir!", kam es jetzt flehentlich. Welch armer Tropf war da am anderen Ende? Ein Stalker? Das konnte ich mir nicht vorstellen, bin ich doch eine alte Frau. Ein Dieb, der mich festhalten sollte, während sein Kumpan die Wohnung ausraubte? Auch unwahrscheinlich, wohne ich doch oben im 7. Stock, und die Tür ist speziell gesichert.

„Wovon?" fragte ich vorsichtig, „wovon soll ich reden?"

Ein etwas irres Lachen ertönte: „Vom Teufel!"

„Der Teufel soll sich zum Teufel scheren!", entfuhr es mir unwillkürlich.

Am anderen Ende ertönte ein erleichtertes Seufzen, dann blieb es still und ich hörte nur noch den Atem des Unbekannten.

„Den Teufel gibt es nicht", fuhr ich ruhig fort, „der existiert nur im Kopf der Leute, die sich nachts fürchten... Es gibt aber nichts zu fürchten", setzte ich mit so viel Überzeugung hinzu, wie ich aufbringen konnte. „Und morgen ist Karfreitag, da ist Jesus für unsere Verfehlungen gestorben und hat die Welt erlöst", ergänzte ich. Warum, weiß ich nicht.

Eine Zeitlang blieb es still, dann flüsterte der geheimnisvolle Anrufer: „Danke, du hast mich gerettet" und legte auf.

Monsteralarm

Steffi saß an Papas Schreibtisch und brütete über ihren Rechenaufgaben. 14 +7? Vierzehn konnte sie an den Fingern nicht abzählen. Wütend schlug sie das Heft zu, weil ihr nicht mehr einfiel, welchen Trick die Lehrerin für diesen Fall verraten hatte. Auch war sie zu faul, ihre Rechenmaschine aus dem Kinderzimmer zu holen. Blöde Schulaufgaben!

Neben dem Schreibtisch streifte ihr Blick den Papierkorb. Ein buntes Bild leuchtete ihr entgegen. Sie nahm die Zeitung heraus und stellte fest, dass eine Frau abgebildet war, die einen knappen Badeanzug trug.

Neben dem Bild stand eine dicke Überschrift. Mühsam versuchte Steffi sie zu entziffern. Das Papier war an der Stelle schon arg zerknittert und ein Kaffefleck war über die Buchstaben gelaufen. Sie buchstabierte sich die Überschrift zusammen:

„Mont…Monte…Monster vom Gerüst…gestür…gestürzt".

Steffi bekam es mit der Angst: Ein Monster war in der Stadt und hatte sich irgendwo heruntergestürzt. Auf wen? Auf was? Was wollte es hier?

Vorsichtig schlich Steffi ans Fenster und spähte hinter der Gardine auf die Straße hinunter. Da ging Herr Schulze fröhlich pfeifend vorbei. Hatte der keine Angst? Aber er hatte ja seinen Pudel an der Leine, der immer bellte, wenn jemand kam.

Als nächstes hielt ein Auto vor der gegenüberliegenden Gartenpforte. Ein Mann mit einem Päckchen klingelte, übergab das Päckchen und fuhr wieder los.

Kaum war er weg, kam ein Mädchen angerannt, öffnete die Gartenpforte und versteckte sich hinter einem Busch. Vier andere Kinder rasten ebenfalls die Straße entlang und riefen sich etwas zu. Was, das konnte Steffi nicht verstehen. Die Vier blieben an der Gartenpforte stehen und rannten nach einem Augenblick eilig weiter.

Plötzlich hörte Steffi das Tatüüü - Tataaa der Feuerwehr oder des Unfallwagens. Nun wurde ihre Angst richtig groß. Ihr Herz klopfte jetzt bis zum Hals.

Es klingelte an der Haustür. Steffi schlich leise in den Flur und spähte durchs Schlüsselloch. Das, was sie erkennen konnte, schien Mamas heller Sommermantel zu sein, aber sicher fühlte sie sich nicht.

Ungeduldig klingelte es ein zweites Mal. Da rief Mama auch schon: „Steffi, mach doch auf, ich habe den Schlüssel vergessen!"

Steffi riss erleichtert die Tür auf.

„Kind, du bist ja ganz blass und siehst verstört aus! Ist dir etwas passiert?"

„Nein, Mama. Aber ein Monster ist in der Stadt! Ein Monster! Es steht in der Zeitung."

„Seit wann liest du die Zeitung, Steffi? Das ist ja ganz etwas Neues. Zeig mir mal den Artikel."

Steffi nahm Mama an die Hand und führte sie zu Papas Schreibtisch. „Guck, hier steht es!"

Mama nahm die Zeitung in die Hand, überflog die Überschrift neben der Frau im Badeanzug und fing herzlich an zu lachen. Sie strich ihrer Tochter übers Haar. „Lies mir die Überschrift noch einmal vor", forderte sie Steffi auf.

„Mont....Monte-u....Monte –ur. Was ist das, Mama?"

„Ein Monteur ist ein Mann, der an Häusern oder Fabriken baut, etwas heilmacht oder neu anbringt. Dazu muss er oftmals auf ein hohes Gerüst klettern. Da ist einer gestern herabgestürzt und hat sich viele Rippen gebrochen. Jedenfalls ist so ein armer Kerl kein Monster."

Flucht zum Mars

„Im Weltraum ist kein Platz für Tränen", hatte Jim wiederholt energisch gesagt.

Miriam schluckte ihre aufsteigenden Tränen herunter. Ihre Kehle schmerzte. Damit Jim nicht sah, wie sie sich fühlte, beugte sie sich über die Instrumente der Steueranlage. Das war eigentlich nicht nötig, denn seit Wochen flogen sie auf der vorausberechneten Bahn in Richtung Mars.

Sie waren auf der Flucht.

Auf der Erde war durch einen mörderischen Cyberkrieg die Menschheit fast ausgerottet. Im Netz hatten sich vor zwei Jahren die Kontinente untereinander bekämpft, bis kein System mehr funktionsfähig war. Wasserwerke, die Stromversorgung, Telefonverbindungen und das Verkehrsnetz waren als erstes lahmgelegt. In der Folge gab es kaum noch Nahrung und Wasser, niemand konnte die großen Städte beliefern mit dem Wenigen, das noch mühsam nach den Methoden längst vergangener Jahrhunderte geerntet wurde.
Die Städter hatten versucht, in die Dörfer auszuweichen – aber auch dort war bald schon nichts mehr aufzutreiben. Nur an ganz versteckten Orten im Hochgebirge oder im Urwald war geregeltes Leben noch möglich, dort, wo die Menschen noch nie von der Technik abhängig gewesen waren.
Die Erde entvölkerte sich nach und nach: Hunger, Seuchen, raue Sitten, Kampf um jedes Essbare hatte die Zahl der Menschen dezimiert. Es war abzusehen, dass bald alles zivilisierte Leben verschwunden sein würde.

Jim hatte vor dem Krieg in der größten Weltraumbehörde der Welt gearbeitet. Dadurch erlangte er Kenntnis von geheimen Projekten. Seine Aufgabe hatte darin bestanden, die Kolonie auf dem Mars zur Selbstversorgung anzutreiben.

Vor mehreren Wochen hatte er ein Raumschiff mit dem letzten, in geheimen Lagern versteckten Treibstoff heimlich bestückt und das Lager mit den Notrationen für die Kolonie geleert und an Bord gebracht. Niemand von den noch Lebenden, die in der Behörde Zuflucht gesucht hatten, weil es dort noch Essbares gab, hatte etwas gemerkt, nicht einmal Miriam, seine Assistentin.

Eines Nachts hatte Jim Miriam geweckt und ihr mit vorgehaltener Laserpistole befohlen, die Raumkapsel zu besteigen. Weinend hatte sie gehorcht. Sie wollte die Erde, ihre Heimat, trotz der grausigen Lage nicht verlassen.

Er war zu ihr in die Kapsel geklettert, hatte unter großen Schwierigkeiten die Luken verschlossen und mit einem abenteuerlichen Manöver per Hand die Antriebsdüsen von innen gestartet. Es hatte wider alle Wahrscheinlichkeit geklappt.

Jetzt waren sie auf dem Weg zum Mars.

Miriam klammerte sich an ihre Erinnerungen und an die Liebe zu Maro. Sie wollte die Wirklichkeit ausblenden und malte sich aus, wie ihre Hochzeit gefeiert würde. Aber Maro war tot, ebenso ihre Eltern und ihre kleine Schwester. Sie waren verhungert oder erschlagen worden. Wieder stiegen Miriam Tränen in die Augen. Sie wischte sie heimlich mit dem Handrücken fort. Jim sollte nichts merken.

Er hatte ja recht. Die Flucht zum Mars war ihre einzige Rettung. Dort würden sie auf die Menschen treffen, die schon seit einigen Jahren in der Basis lebten. In der letzten Zeit vor dem Krieg waren sie sogar äußerst erfolgreich in der Anlage von Treibhäusern und dem Anbau von Gemüse und Früchten gewesen. Sie würden genug produzieren, um in Zukunft bestehen zu können.

Ihre Gedanken schweiften wieder ab. Zu gern wäre Miriam damals nach dem plötzlichen Ausfall aller Ressourcen in der Stadt in ihr gemütliches Appartement im 48. Stock des HABO-Centers zurückgegangen, um einige persönliche Dinge zu holen. Aber wie hätte sie Ihre Etage erreichen, 48 Stockwerke auf der Treppe erklimmen können im Stockdunkeln? Sie malte sich den Gestank in ihrer Küche aus, wo die Vorräte aus Kühlschrank und Kühltruhe verrotteten. Wäre Ungeziefer über alles hergefallen? Ratten gar?

Ratten waren sicherlich längst verhungert – oder hätten sie sich von den Toten ernährt? Bei diesem Gedanken versank sie noch tiefer in ihre Trauer. Maro, ihre Eltern und ihre Schwester hatten ein solches Schicksal nicht verdient. Sie mussten im Tod ihre Würde bewahren!

Was sollte sie auf der Marsstation? Warum hatte Jim sie gezwungen, mitzukommen? Eine große Hilfe konnte sie ihm in technischen Dingen nicht sein, denn sie war seine Assistentin für theoretische Berechnungen im Space Center. Die praktischen Anwendungen ihrer Erkenntnisse nahm sie kaum wahr, das war Sache der Ingenieure gewesen.

Jim kam zu ihr an die Instrumente. „Wir nähern uns dem roten Planeten. Du kannst ihn durch das Fensterchen schon sehr nahe kommen sehen. In 36 Stunden müssten wir dort sein.“

„Gut. Was erwartet uns dort? Ist man dort auf unsere Ankunft vorbereitet?“, fragte Miriam skeptisch.

„Nein. Es wird für sie eine Überraschung sein, denn wir haben ja keinen Kontakt. Sie müssten uns allerdings schon bemerkt haben."

„Und wenn sie uns für Feinde halten?"

„Sie werden schon nicht. Immerhin ist unser Logo außen auf der Kapsel deutlich zu sehen, wenn wir noch näher herankommen. Das kennen sie und verwenden es selbst noch auf dem Mars."

„Warum hast du mich gezwungen, mitzukommen auf diese irrwitzige Unternehmung?" fragte Miriam zum, wie ihr schien, hundertsten Mal.

Jim schaute sie nur an und schwieg. Er zuckte resigniert mit den Schultern, als ob er eine Hoffnung aufgegeben hätte.

Dann wandte er den Blick aus dem Sichtfenster und starrte auf den rasch näher kommenden Mars.

Schlafes Schwester

Es war später Abend. Der Mond stand in halber Pracht am Himmel, die Sterne waren heraufgezogen.

Der Schlaf machte sich auf, seine zweite Runde zu absolvieren, um all den Nachteulen, die noch aufgeblieben waren, die Augenlider mit seinem Schattensand zu beschweren.

So kam er auch an ein Bett, in dem eine Frau mit schon geschlossenen Augen lag.

„Bruder", flüsterte eine Stimme, „ich bin schon lange hier. Bitte gehe weiter. Diese Frau braucht dich nicht. Sie braucht mich jetzt noch eine ganze Weile."

„Schwesterchen, ich verstehe. Soll ich später kommen?"

„Das wird nicht nötig sein, Bruderherz. Ich bleibe bis zum Morgen, wenn es sein muss."

Der Schlaf hauchte seiner Schwester einen Kuss auf die Wange und zog sich leise zurück.

Die Traumhüterin in ihrem langen zart violetten Gewand stand am Fußende des Bettes und sah auf die Frau herab, lächelte liebevoll und flüsterte auf sie ein. Die Frau auf dem weißen Laken lächelte manchmal auch, wenn eine Szene aus ihrem Leben sie erheiterte. Sie verlor einige Male eine Träne, die glitzernd an ihrer Wange herunter rollte. Einmal seufzte sie tief und bewegte die Finger, die sonst regungslos auf der Bettdecke lagen. Ihr schien wohl zu sein, die Schmerzen hatten sich verflüchtigt.

Gegen Morgen betrat der andere, der dunkle Bruder das Zimmer. Er breitete seine Arme aus.

Die Schwester wich zurück. Ihre Aufgabe war erfüllt. Sie schwebte davon.

Der dunkle Bruder beugte sich über die Frau und strich ihr sanft über die Augenlider. Dann legte er einen Finger sacht auf ihren Mund und versiegelte ihn...für immer.

Die Erfindung der Nanonadel

Mominger und Bobinger waren Kollegen. Sie teilten sich eine Werkbank in der Firma für Büroklammern und anderes Bürozubehör.

Beide mochten sich und gingen sogar fast demselben Hobby nach: sie sammelten Insekten. Mominger hatte sich auf Schmetterlinge spezialisiert, Bobinger auf Fliegen. Sie gingen jeden Sonntag im Sommer auf die Jagd und waren stolz, wenn einer von ihnen ein neues Exemplar für seine Sammlung gefunden hatte. Die Tiere wurden mit Äther in einem Glasbehälter getötet und dann auf mit Samt bezogenen Platten aufgespießt.

Nun war es wieder Herbst. Draußen waren die Schmetterlinge verschwunden. Auch Fliegen gab es nur noch selten einmal. Das war die Zeit, die Ausbeute des Jahres zu sichten, zu ordnen und auf den Bestimmungskarten zu verzeichnen. Eines Mittags, als sie einträchtig in der Kantine saßen, schwiegen und eigentlich an nichts dachten, schwebte ein schwarzes Pünktchen über die weiße Tischplatte. Eine winzige Obstfliege narrte sie.

„Schade eigentlich, dass man diese kleinen Dinger nicht fangen und aufspießen kann", meinte Bobinger versonnen.

„Warum nicht?", sinnierte Mominger, „du bräuchtest nur eine entsprechend feine Nadel. Lass uns versuchen, ob wir das nicht in der Werkstatt hinkriegen können."

„Woraus willst du sie denn herstellen? So dünnen Draht gibt es nicht."

„Dann müssen wir eben etwas erfinden. Mensch, Bobinger, das ist **DIE** Sache! Wenn uns das gelingt, sind wir berühmt und reich! Vielleicht kriegen wir dann sogar den Industrie- oder Nobelpreis."

Beide Männer überlegten, wie sie eine solche superfeine dünne Nadel herstellen könnten. Sie dachten an ein Haar, das sie der Länge nach in Viertel aufspalten könnten. Aber wie sollte das dann hart werden? Mit Klebstoff würde es zwar steif, aber eben wieder dicker.

Ein Spinnenfaden kam ihnen sinnvoll vor, er war fast nicht zu zerreißen. Aber auch hier stellte sich das Problem der Härtung. Ein Stück Glaswolle gab ihnen eine neue Idee: eine Einzelfaser dieses spröden Zeugs könnte die Lösung sein, denn die Sprödigkeit müsste der Faser doch genügend Härte geben, um sie in eine weiche Unterlage zu spießen. Dieser Versuch scheiterte. Bobinger war am Verzweifeln. Er hatte bereits inzwischen sieben der kleinen Fliegen in seinem Ätherröhrchen.

„Wir müssen uns in noch kleinere Dimensionen bewegen, etwa im Nanobereich."
„Tolle Idee – bloß: wie kommen wir an Nanoteilchen heran? In unserer Firma werden sie nicht gebraucht." Mominger war von der Nanoteilchenidee fasziniert. Sie suchten im Firmencomputer nach eventuell zuständigen Firmen und Labors. Eines Tages wurden sie fündig und bestellten eine handelsübliche Menge dieses Stoffs. Als das Päckchen ankam, öffneten sie es sogleich, ohne sich weiter um ihre Arbeit für die Firma zu kümmern.

In sehr viel Styropor verpackt, kam ein kleines Glasröhrchen zum Vorschein. Es war in einen Zettel gerollt mit Angaben, wie mit den Teilchen umzugehen sei. Von den Vorschriften verstanden sie nicht viel. Sie hoben das Röhrchen in die Höhe. Es war nichts zu sehen. Sie schüttelten es – kein Geräusch. War nun etwas im Röhrchen oder nicht? Sie ließen es erst einmal geschlossen, man konnte ja nicht wissen.

Am Abend trafen sie sich in Bobingers Wohnung. Sie recherchierten im Computer alle nur möglichen Wörter im Bereich Nano. Das half ihnen nicht viel weiter. Sie erfuhren immerhin, dass aus Nanoteilchen Ketten hergestellt werden könnten. Wie aber sollten sie diese aneinander bringen, wenn sie nicht zu sehen waren? Da musste wohl Klebstoff her.

„Mensch, Kumpel, warum nicht einfach? Lass ein klitzekleines Tröpfchen Klebe auf die Samtplatte fallen und dann zwei, drei deiner Fliegen. Der Klebstoff wird durchsichtig, wenn er trocken ist, den sieht man dann nicht, die Fliegen aber umso besser."

Bobinger schaute Mominger perplex an. **DAS** war die Lösung!

„Mit dem Nobelpreis wird es nun wohl nichts", meinte Mominger trocken, „mit den Millionen auch nichts. Müssen wir also weiterhin Lotto spielen."

Geburtsstunde

Ich könnte jubeln, wenn ich nicht stumm wäre. Mein Spiegelbild im Wasser der großen Bucht zeigt mich wieder schlank, beinahe schon dünn. Die nächtlichen Wellen, die langsam auf den Sandstrand auflaufen, lassen mein Bild tanzen. So schön schlank und beweglich! Glatt könnte ich jetzt stundenlang den Hula-Hoop Reifen um meine Taille kreisen lassen und eine Meisterschaft gewinnen.

Der Sand der Bucht leuchtet hell, der Wald dahinter rauscht sacht. Wenn ich auch stumm bin, so kann ich doch gut hören.

Während ich noch verliebt auf mein Spiegelbild schaue, bemerke ich im Augenwinkel eine Bewegung auf dem Sand.

Meine Neugier ist geweckt, denn nicht immer gibt es etwas am Strand zu entdecken.

Winzige kleine Wesen mit seltsam deformierten Pfötchen rutschen über den Sand und werfen sich mutig ins Wasser. Darin verschwinden sie und tauchen nicht wieder auf. Immer mehr der kleinen Wesen folgen den ersten. Sie kommen alle von derselben Stelle im Sand, finden unbeirrt die Richtung zum Meer als ob sie es riechen könnten. (Riechen kann ich übrigens auch nicht. Das macht mir jedoch nichts aus.)

Neugierig verlege ich meinen Platz, so dass mein Spiegelbild ganz nahe am Ufer tanzt, fast schon auf dem feinkörnigen Sand. Da sehe ich, dass die kleinen Wesen einen Panzer auf dem Rücken tragen, unter dem die komischen Beinchen gegen den Sand ankämpfen. Es sind aber keine Taschenkrebse, die kenne ich und die laufen seitwärts und verlassen das Land nicht so begierig wie diese Tierchen. Denn um Tierchen muss es sich ja handeln.

Lange kann ich dem Rätsel nicht mehr nachsinnen, denn der Himmel wird immer morgenheller, mein Spiegelbild verblasst zusehends. Schade. Ob sich morgen Nacht das Schauspiel noch einmal bietet?

Mohrchens Verschwinden

Familie Mutzenberg wohnte in einer ruhigen Seitenstraße weiter draußen. Kein ständiger Lärm, wenig Verkehr, Einfamilienhäuser mit schönen Gärten, eine nette Nachbarschaft, das waren die Vorzüge gegenüber der vorigen teuren Mietwohnung in der angesagten Gegend.
Klaus und Edith, die Eltern, hatten nun auch endlich dem Wunsch ihrer Rangen Mira und Mara nach einem Haustier nachgeben können. So kam Mohrchen ins Haus, der schwarze Kater mit den drei weißen Pfoten.
Zwei Jahre wohnten sie nun schon in ihrem schmucken Haus. Mohrchen ging es sehr gut, er bekam pünktlich sein Fressen, hatte einen Kratzbaum, ein Körbchen mit weichen Kissen und Spielzeug, konnte durch die Katzenklappe neben der Hintertür kommen und gehen.

Immer öfter aber blieb Mohrchen aus, kam tagelang nicht wieder. Die Kinder suchten ihn überall, hefteten Suchzettel an die Bäume und Zäune der Nachbarschaft. Niemand meldete sich, der den Kater gesehen hatte. Weggelaufen war er nicht, denn er kam ja in unregelmäßigen Abständen wieder. Auf Freiersfüßen machte er wahrscheinlich die Umgebung nicht unsicher, denn er war als Jungtier vorsorglich kastriert worden.
Wo verbrachte er die Zeit, die er nicht da war?

Allmählich wurde Mohrchen auch dicker und träger, lag öfter auf dem Sofa, sehr zum Entzücken von Mira, die ihn dann lange streichelte und kraulte, was ihm sehr zu gefallen schien.

Die Kinder versuchten, den Kater einzusperren, aber am zweiten Tag seiner Gefangenschaft machte er jedes Mal ein solches Theater, dass sie ihn wieder raus lassen mussten.

Mara beschloss, ihn genau zu beobachten und herauszufinden, wohin er lief. Aber immer entkam er ihr, indem er auf einen Baum kletterte, durch eine enge Hecke verschwand. Wenn sie dann bei den Nachbarn um Erlaubnis bat, ihren Kater auf dem Grundstück suchen zu dürfen, war er schon längst verschwunden.

Schade, dass immer noch kein Schnee fallen wollte. Dann hätten sicher seine Spuren ihn verraten. So aber war nichts zu machen, er blieb zeitweilig rätselhaft verschwunden.

Klaus hatte einen Freund bei der Polizei. Dem klagte er sein Leid. Der Freund lachte und behauptete, dass der Kater wahrscheinlich noch eine zweite Familie hatte, bei der er sich wohl fühlte. Woher sonst kam es, dass er sein glänzendes Fell behielt und dicker wurde?

Aber was tun?

Der Freund grinste breit und drückte Klaus eine kleine Flasche in die Hand, die schon zu zwei Dritteln leer war. „Das ist künstliche DNA. Die brauchen wir, um Verbrecher zu jagen, wenn es z. B. um eine Lösegeldübergabe geht und das Geld damit markiert wird. Alles, was die Täter vom Geld anfassen, färbt ihre Hände blau. Die Farbe bleibt etwa einen Monat hängen, da kann einer waschen so viel er will."

„Und die darfst du einfach so weitergeben?"

„Das muss ja keiner wissen. Außerdem ist das Haltbarkeitsdatum seit zwei Wochen abgelaufen. Ich habe vergessen, das Fläschchen zu vernichten."

Als Mohrchen das nächste Mal kam, wurde er mit Freuden empfangen und unter Zuhilfenahme von Gummihandschuhen mit dem Zeug eingerieben. Da es ungiftig und geruchlos war, störte es das Tier nicht. Die Familienmitglieder durften ihn nun nicht mehr streicheln und knuddeln. Das nahm der Kater übel und verschwand noch am selben Abend.

Im Supermarkt stand Edith eines Mittags hinter Frau Berning, die drei Häuser weiter wohnte. Sie war eine ältere Witwe ohne Anhang. Mira und Mara halfen ihr manchmal, die Einkäufe bis zu ihrer Haustür zu tragen. Aber damit endete der Kontakt schon.
Edith wunderte sich, dass die alte Frau weiße Baumwollhandschuhe trug. Sie dachte sich, dass Frau Berning wohl eine Allergie hätte und Creme auftragen musste. Wie staunte sie aber, als Frau Berning, weil sie das Kleingeld mit den Handschuhen nicht aus dem Portemonnaie bekam, einen der Handschuhe auszog. Die Handfläche war blau!

Edith tat zunächst nichts, bezahlte, verstaute ihre Einkäufe und verließ den Supermarkt ruhigen Schrittes. Auf dem Weg nach Hause klingelte sie an der Tür der alten Nachbarin. Als diese die Tür öffnete, kam ihr Mohrchen entgegen.
„Darf ich reinkommen?", fragte Edith, nahm den Kater auf den Arm und folgte der alten Dame in deren Wohnzimmer.

Die beiden Frauen hatten eine lange Aussprache, in der sie viel voneinander erfuhren. Frau Berning erfuhr, wie unglücklich Mira und Mara, ja auch die Eltern waren, wenn der Kater nicht da war. Edith erkannte, dass ihr Gegenüber eine sehr einsame und ängstliche Frau war, dass sie ihre ganze Liebe dem Mohrchen schenkte samt einer Unmenge von Leckerlis.
Sie trafen eine Übereinkunft: Mohrchen durfte jeden Vormittag und über Mittag bei Frau Berning bleiben unter dem Versprechen, die Leckerli sehr zu reduzieren. Am Nachmittag, wenn die Kinder aus der Schule kämen, würden sie das Katzentier abholen.

Und so geschah es. Mohrchen wurde mit einem Gegenmittel gegen das Färben gewaschen, die Hände der alten Dame mit demselben Mittel gesäubert.

Pünktlich vor dem Schulweg brachte eins der Mädchen den Kater zu ihr, das andere holte ihn am Nachmittag ab.

Und dann kam Weihnachten...ohne Schnee, dafür mit Regen und Wind.

Mohrchen saß mit seiner Familie vor dem Tannenbaum. Da klingelte es stürmisch an der Tür. Eine durchnässte, sehr glückliche Nachbarin stand vor der Tür mit Tränen in den Augen.

„Vielen, vielen Dank", brachte Frau Berning hervor, dann verließ sie schnell wieder die Tür.

„Was sollte denn das?", fragte Klaus, „warum bedankt sie sich bei uns...und wofür?"

„Der Weihnachtsmann hat ihr ein Kätzchen geschenkt. Jetzt braucht sie Mohrchen nicht mehr."

„Du bist doch immer für eine Überraschung gut", meinte Klaus und nahm seine Frau in die Arme.

Cora

Auf dem Rasen blühten die ersten Krokusse.

Cora interessierte sich zwar nicht dafür, freute sich aber über den milden Sonnenschein und den frischen Geruch nach Gras und Erde.

Endlich durfte sie wieder in den Garten und musste nicht mit Frauchen die ausgetretenen Wege zum Supermarkt machen.

Eifrig schnüffelte sie überall herum, um die Botschaften aufzunehmen, die hier hinterlassen waren.

Auf dem Rasen pickten eifrig die Amseln. Sie ließen sich von Cora nicht stören. Nur wenn die Spanieldame ihnen wirklich zu nahe kam, flatterten sie ein paar Meter weiter, um sich erneut der Futtersuche hinzugeben.

Coras Nase registrierte, dass der Igel vom Vorjahr jetzt wieder über den Rasen lief. Sie erfuhr auch, dass das Kind von nebenan, die kleine Sonja, dagewesen war. Alles nicht sonderlich interessant für eine Hündin.

Nahe der Hecke gab es jedoch eine böse Überraschung: ein Fuchs war hier letzte Nacht entlang geschnürt. Cora - jetzt hellwach - folgte eifrig dem Geruch erst an der Hecke entlang, dann unter dem Carport hindurch bis zum Rosenbeet. Hier machte die Spur einen scharfen Knick, bog zum Haus hin bis unter den Forsythienstrauch.

Ein neuer Geruch stieg der Hündin in die Nase: Mäusegeruch. Da lag auch etwas Fell, und einige Blutstropfen dufteten verführerisch. Cora verfolgte die Geruchsspur des Fuchses weiter. Hinter dem Kompostbehälter hatte der Fuchs unter dem festgespannten Maschendrahtzaun hindurch das Grundstück wieder verlassen.

Coras Jagdinstinkt – lange Jahre unterdrückt durch ihr bequemes Leben bei Frauchen – erwachte. Sie steckte den Kopf unter dem Zaun durch, legte sich flach auf den Boden und versuchte, unter dem Draht hindurch zu robben.

Was ihr früher gelungen wäre – jetzt klappte es nicht: sie war viel zu fett geworden! Sie blieb stecken, halb auf ihrem Grundstück, halb im Garten der kleinen Sonja. So sehr sie auch ihre Pfoten in den Boden stemmte, Cora kam weder vorwärts noch rückwärts. Sie strengte sich immer mehr an, keuchte und hechelte, hielt wieder und wieder den Atem an, aber es half nichts. Ihr Rücken tat weh, der Drahtzaun schien sie regelrecht durchschnitten zu haben.

Die Hündin kam in Panik. Nur noch Frauchen konnte helfen!

Lauthals begann Cora zu winseln und zu jaulen. Zum lauten Bellen fand sie sich zu schwach, dann schnitt der Draht ihr zudem die Luft ab.

Nach einiger Zeit kamen Schrittchen an den Zaun. Cora erkannte die roten Gummistiefel der kleinen Sonja.

„Was machst du hier?", fragte das Mädchen. Dann erkannte sie die missliche Lage des Tieres. Sie versuchte, den Hund an den Vorderbeinen in den Garten zu ziehen, aber Cora jaulte vor Schmerz noch lauter.

Das Kind ließ von seinem Versuch ab und rannte weg. Nach einiger Zeit, in der Cora sich noch verlassener vorkam, näherten sich Männerstiefel dem Zaun. Sonjas Vater trug ein großes Werkzeug in der Hand und schnitt den straff gespannten unteren Draht einfach durch. Dann hob er das Maschengeflecht ein wenig an.

Welch eine Erleichterung! Der Mann streichelte Coras lange Ohren beruhigend, dann zog er vorsichtig ihr Hinterteil unter dem Zaun hervor.

„So, meine Liebe, jetzt gehen wir zu Frauchen. Die wird dich gut versorgen und sicherlich zum Tierarzt bringen." Er nahm Cora vorsichtig auf den Arm und trug sie heim.

Die alte Frau war entsetzt, als sie hörte, was passiert war. „Das machst du sicher nicht wieder, du Dummerchen", schimpfte sie liebevoll.
Sie bedankte sich bei ihrem Nachbarn für die Rettung ihres Lieblings. Als Sonjas Vater gegangen war, bereitete sie Cora ein besonders leckeres Frühstück. Die Hündin fraß es dankbar und erleichtert bis auf den letzten Krümel auf und legte sich in ihr weiches Körbchen neben dem Sofa.

Wenig später zuckten ihre Pfoten im Schlaf, als ob sie von einer spannenden Jagd träumte.

Tom, der Kater

Er ist der Größte. Er ist der Herrscher im Revier. Er lässt keinen Kampf aus. Und wehe, einer versucht, ihm sein Territorium streitig zu machen!
Tom heißt der Kater, ein schwarzes Ungeheuer mit einem weißen Fleck unter der Kehle, zerfetzten Ohren und etwas struppigem Fell. Ein Straßenkater ist er nicht, er hat ein Zuhause, wohin er sich zurückziehen kann, aber er besucht es selten. Ständig muss er auf der Hut sein, seine Kontrollgänge machen, vor allem nachts. Oft wird die Nachbarschaft durch ärgerliches Gemaunze und Gefauche oder die lautstarken Liebeswerbungen des Helden im Schlaf gestört, wenn eine Katze sich zur Paarung bereit findet.

Eines Tages aber ändert sich einiges.
Eine neue Familie zieht in das Haus neben der Heimstatt des Katers ein. Sie bringt eine schöne Siamkatze mit, schlank, blauäugig, mit schimmerndem Fell.
Tom kann sie nur durch das große Terrassenfenster bewundern, denn als Stubenkatze darf sie nicht raus.
Tag für Tag, wenn ihre Leute zur Arbeit gefahren sind, streunt er auf der Terrasse herum, maunzt und setzt sich in Szene. Vergebens. Die Schöne nimmt keine Notiz von dem Casanova. Sie putzt sich im Sonnenschein oder rekelt sich auf dem Sofa.

Am Sonntagabend aber vergessen die Leute, das Badezimmerfenster zu schließen, bevor sie ins Kino gehen.
Die schöne Siamesin nimmt die Gelegenheit gern wahr, zwängt sich durch den offenen Spalt und schnuppert zum ersten Mal Freiheit.
Sofort ist Tom zur Stelle und macht ihr Avancen. Das erschreckt sie. Sie flüchtet in den nächsten Apfelbaum. Er

hinterher. Sie zieht sich höher und höher zurück, er folgt ihr. Die Äste werden dünner. Plötzlich kracht es, ein Ast bricht ab, er hält das Gewicht des schweren Katers nicht aus.

Tom stürzt zu Boden. Und schon ist Carlo über ihm, der ewig unterdrückte Kater aus der nächsten Straße. Ehe es sich Tom versieht, wird er ordentlich verprügelt, gebissen, zerkratzt. Sein Ohr blutet, in der Schulter fehlt ein Stück Fell, seine Pfote schmerzt, vom Sturz verstaucht.

Carlo lässt von ihm ab und verschwindet im Apfelbaum auf den Spuren der Schönen. Ein ärgerliches Fauchen, und Carlo landet neben dem immer noch benommenen Tom. Beide Kater schauen sich an.

Ihre Kampfgelüste und ihre Liebeswut sind verraucht.

Gemeinsam schleichen sie weg, jeder strebt in sein Zuhause: Tom, um seine Wunden zu lecken und die Schmach zu überdenken, Carlo, gewöhnt, immer der zweite zu sein, um erst einmal seinen Frust mit Futter zu betäuben.

Und die schöne Siamesin? Sie harrt auf dem Baum aus, bis am nächsten Morgen ihre Leute sie herunter locken und sie in die Sicherheit des Hauses retten.

Der Goldfisch

Fred lag bäuchlings auf dem Steg, an dem am Abend die Fischer ihre Boote festmachen. Aufmerksam spähte er ins Wasser, um sich die Zeit zu vertreiben, bis seine Freundin Nella kommen würde.

Da kam etwas Goldschimmerndes aus dem Schatten des Stegs in das sonnenhelle Wasser hervorgeschossen. Er sah genauer hin. Ein stattlicher Goldfisch verharrte nun reglos über den Kieseln. Fred war es, als ob der Fisch ihm in die Augen sah.

Vorsichtig ließ er eine Hand ins Wasser. Ein klein wenig bewegte er die Finger, ohne dem Fisch Angst machen zu wollen.

Der Fisch schwamm im Kreis um die Hand des Jungen, zuletzt stupste er den Zeigefinger mit dem Maul an, als ob er sich vom Geruch des Jungen überzeugen wollte.

„Du bist doch kein Hund", lachte Fred leise, „Hunde schnuppern an den Händen, aber doch wohl kein Fisch! Du hast doch keine Nase! Oder doch?"

Der Fisch umkreiste die Hand ein anderes Mal und stieß sein Maul wieder an Freds Finger. Der Junge wurde neugierig.

„Was willst du von mir?", fragte er laut.

„Mit wem redest du?" Nella hatte sich auf den Steg geschlichen und wollte ihrem Freund die Augen zuhalten, ließ aber davon ab, als sie ihn so reden hörte.

„Pst!" Fred legte den Finger auf die Lippen und bedeutete Nella mit einer Handbewegung, sich neben ihn zu legen. Nella ließ sich mit einem Plumps fallen. Husch, war der Fisch unter dem Steg verschwunden.

„Konntest du nicht etwas vorsichtiger sein?", knurrte Fred böse.

„Warum? Was ist los? Mit wem redest du eigentlich?", zischte Nella, „wenn du mich hier nicht haben willst, kann ich ja wieder gehen."

„Entschuldige, Nella, du konntest es ja nicht wissen", begann Fred versöhnlich, „hier war eben ein Goldfisch und hat an meinem Finger gerochen."

„Sei nicht albern, Fred! Goldfische gibt es nicht in unserem See und riechen können sie schon gar nicht. Was denkst du dir da wieder für Märchen aus!"

Nella fühlte sich Fred oft überlegen, denn sie war zwei Monate älter.

„Du brauchst gar nicht so schlau zu tun, das weiß ich alles selbst. Aber trotzdem war hier eben ein Goldfisch. Leg dich neben mich und sei ganz ruhig, vielleicht kommt er wieder."

Nella war neugierig geworden und tat, was Fred ihr vorschlug. Zusammen starrten sie in das klare Wasser. Undeutlich sahen sie ihre Spiegelbilder auf der Oberfläche, deutlich die großen und kleinen bunten Kiesel.

Da! Ein rotgoldener Pfeil kam angeschossen und verharrte im vom Sonnenlicht durchfluteten Wasser.

„Siehst du ihn?", flüsterte Fred.

„Ja, wie kommt der hierher?"

„Lass uns sehen, Nella, was er macht, wenn ich meine Hand ins Wasser strecke."

Fred ließ die Hand wieder im Wasser baumeln, bewegte sacht seine Finger. Der Fisch umkreiste bald die Hand und stieß nach einer Weile mit dem Kopf an eine Fingerspitze.

„Was will er von dir?", wunderte sich Nella.

„Ich weiß es nicht", antwortete Fred, „sicherlich will er mir eine Botschaft überbringen."

„Hoffentlich von einem verborgenen Schatz", flüsterte Nella geheimnisvoll.

„Nun bist du albern", stellte Fred fest. „Ich glaube eher, er ist an die Hände von Menschen gewöhnt. Überleg mal, Nella, er kann doch aus einem Aquarium hier ausgesetzt worden sein, ausgesetzt wie ein ungeliebter Hund oder eine Katze, die niemand mehr haben will. Vielleicht will er gerettet werden."

Nella war von diesem Gedanken sehr angetan. „Du, Fred, wir haben ein großes Aquarium auf dem Speicher. Wenn wir ihn fangen und dort hineinsetzen, können wir immer mit ihm spielen."
„Und wie sollen wir ihn fangen? Meine Angel würde ihm das Maul verletzen."
„Und wenn wir einen Korb oder ein Netz nehmen?", fragte Nella.
„Dann muss er ersticken, bevor wir bei dir ankommen, das geht nicht", meinte Fred.
„Ich weiß!", rief Nella, „ich laufe schnell die paar Schritte nach Hause und hole den großen Eimer, der in unserer Waschküche steht." Und schon war sie auf und davon.
Fred blieb auf dem Steg liegen und behielt die Hand weiterhin im Wasser, damit der Fisch nicht wieder verschwand. „Bald bist du erlöst", murmelte er dem Goldfisch immer wieder zu.

Nella kam mit dem Eimer zurück. Vorsichtig ließ sie ihn am Anfang des Steges ins Wasser und zog ihn immer ein wenig dichter zum Fisch hin. Fred leitete den geduldig mit der Hand zum offenen Rund des Eimers. Mit einem Ruck zog Nella ihn hoch, als der Fisch darin war.
Zu zweit trugen sie den Eimer zu Nellas Haus. Er war für einen allein zu schwer.

Nellas Eltern hatten vorsorglich das Aquarium schon vom Speicher geholt. Als die Kinder mit dem Fisch eintrafen, füllten sie es mit Wasser und legten einen Stein hinein. Das musste vorerst genügen.

Andächtig saßen die Kinder vor dem Becken und beobachteten, wie sich der Goldfisch in seinem neuen Zuhause verhielt. Nellas Vater brach auf, um aus der Zoohandlung Sand, Pflanzen und Futter zu holen.

„Habt ihr schon einen Namen für ihn?", fragte er, als er zurück kam.

„Einen Namen?", fragte Nella gedehnt, „haben Fische einen Namen?"

„Gewöhnliche Fische sicherlich nicht, aber er ist unser neuer Hausgenosse. Wir können ihn doch nicht nur <Fisch> nennen."

„Goldi! Er kann Goldi heißen", meinte Fred, „er ist doch golden und soo goldig".

C'est la vie

Der Sommer war auf seinem Höhepunkt. Der See lag verträumt inmitten des Waldes. Auf seiner Oberfläche spiegelten sich das grüne Laub der Bäume und der sonnige Himmel, da, wo das Blätterdach ihn durchließ. Es war still ringsum. Nur ein leises Sirren kleiner Mücken, die im Schatten ihr Spiel trieben, war zu vernehmen.

Auf einem großen Seerosenblatt saß ein dicker Frosch. Das Blatt lag im Schatten einer Trauerweide, die ihre Äste weit über das Wasser hängen ließ.

Der Frosch döste vor sich hin. Er fühlte sich geborgen hier auf der grünen Fläche. Nebenan auf einer weißen Blüte saß eine blaue Libelle im Sonnenschein und putzte ihre schillernden Flügel. Sie sah sich in keiner Gefahr, hatte sie doch beobachtet, wie der Frosch sich an einer dicken Fliege gesättigt hatte.

Im leisen Wellengang wiegten sich Blatt und Blüte hin und her. Der Frosch schlief ein.

Die Sonne wanderte ein Stück weiter und schien auf seinen Rücken. Mit schmerzender Haut wachte er auf. Ein Sonnenbrand? Schnell tauchte er ins Wasser, um die schmerzenden Stellen zu kühlen.

Die Libelle äugte misstrauisch von der Blüte auf den heranschwimmenden Frosch, streckte ihre Flügel aus, schwebte davon und machte Jagd auf eine der kleinen Mücken.

Das brachte den Frosch darauf, dass es Zeit war, selbst wieder etwas in den Magen zu bekommen. Dazu aber musste er festen Grund unter den Beinen haben. Er vermied es, zurück auf ein Seerosenblatt zu klettern, paddelte stattdessen ans schattige Ufer und setzte sich auf einen rundlichen Stein.

Von diesem erhöhten Platz aus, ließ es sich gut in die Runde schauen. Mehrere Fliegen kamen ihm nahe, aber da sein Rücken noch immer weh tat, wollte er für so kleine Bissen nicht umherspringen. Es musste schon etwas Größeres sein, das ihm nur einmal die Mühe bereitete, sich im Sprung zu strecken.

Da sah der Frosch eine große Spinne an ihrem Faden vom Baum zur Erde sich bewegen. Gebannt schaute er zu, wie sie immer näher kam. Kurz bevor er springen konnte, krabbelte sie jedoch an dem Faden wieder hoch.
Der Frosch musste sich gedulden. Er wusste aus Erfahrung, dass eine Spinne nicht nur einmal in Richtung Erde kommt, sondern mehrmals, um ihr Netz zu befestigen. Mit gierigen Augen verfolgte er jede ihrer Bewegungen. Und richtig, da kam sie wieder angeschwebt. Diesmal nahm er seinen Willen und all seine Kraft zusammen, sprang hoch und erwischte sie. Das hatte sich gelohnt! Ein fetter Brocken!
Zufrieden hüpfte der Frosch ins Wasser und schwamm ein Stückchen in den See hinaus. Tat das dem Rücken gut!

Urplötzlich tauchte etwas Dunkles auf und zog ihn unter Wasser. Vergeblich versuchte er, mit kräftigen Beinschlägen dem Unheil zu entrinnen. Er bekam keine Luft mehr, fühlte auch keinen Schmerz, als die spitzen Zähne des Hechts tief in seinen Bauch eindrangen.

Die Libelle sah kurz die Hinterbeine des Froschs zappeln.
Dann war da nur noch ein Wasserkringel, der sich immer weiter ausdehnte.

Am gegenüberliegenden Ufer saß ein Angler….

Das Testament

Hermine Bauer war schon reichlich betagt, als sie beschloss, ihr Leben ein wenig zu ändern, um aus ihrer Isolation herauszukommen.

Soweit ich mich erinnere, lebte sie bescheiden in einer Dreizimmerwohnung im Erdgeschoss eines Mietshauses. Ihr Mann war vor einigen Jahren im hohen Alter von 87 Jahren verstorben und hatte ihr die Pension eines kleinen Beamten hinterlassen nebst einer Briefmarkensammlung und einer goldenen Uhr, die aus den Zeiten vor dem Ersten Weltkrieg stammte. Kinder hatte sie keine.

Hermine Bauer war meine Tante, besser gesagt, meine Großtante, die jüngste Schwester meines Großvaters. Mein Großvater und seine weiteren fünf Schwestern hatten alle Kinder und Enkel.

Zu Tante Hermine hielten wir sehr selten Kontakt. Um ihren Geburtstag herum und in der Adventszeit lud sie jedes Jahr einige ihrer Nichten und Neffen samt deren Kindern ein. Dann füllte sich ihre Wohnung mit Verwandten, die sich eigentlich nichts aus ihr machten, aus Höflichkeit und der Tradition wegen aber kamen.

Tante Hermine war eine kleine Frau mit schütterem weißem Haar und unmodernen Kleidern. Wenn wir wieder einmal eingeladen wurden, gab es immer den gleichen Topfkuchen, Torteletts mit Mandarinenstückchen aus der Dose und Sahne, Kaffee oder Tee für die Erwachsenen und schrecklich schmekkenden Kakao mit Haut für uns Kinder. Unfreundlich war sie nicht, konnte jedoch keine wirklich herzliche Beziehung finden, zumindest nicht zu den Allerjüngsten.

Das Schema der Besuche bei Tante Hermine änderte sich plötzlich, wir gingen nun regelmäßig zu ihr. Dann half meine Mutter ihr unauffällig und putzte mal in der Küche, schickte mich mit dem Müll an die Tonne oder ließ mich kleine Besorgungen im Laden nebenan machen. Auch brachten wir der Tante Obst, eine Flasche Rotwein oder Kekse mit.

Mir waren die nun häufigeren Besuche bei Tante Hermine lästig, ich fand sie unnütz, eine Zeitverschwendung. Ich versuchte mich zu drücken, wo ich konnte. Ich musste zu meinem Leidwesen jedes Mal mit. Wenn ich Hausaufgaben vorschützte, um diesmal zu Hause bleiben zu können und fernzusehen, dann nahm meine Mutter einfach den Ranzen und sagte: „Die kannst du genauso gut bei Tante Hermine erledigen."

Eines Tages, als ich am abgeräumten Kaffeetisch über meinen Rechenaufgaben bei ihr saß, läutete es an der Wohnungstür. Aufgeregt eilte Tante Hermine an die Tür und führte einen jungen Mann ins Wohnzimmer.

„Du entschuldigst doch, Marion, dass ich unsere Unterhaltung kurz unterbreche", sagte sie zu meiner Mutter. „Aber gerne, Tante Hermine", antwortete Mutti und starrte den jungen Mann schon fast unhöflich an.

„Gestatten, mein Name ist Moosbach. Ich bin der Vermögensberater von Frau Bauer. Ich möchte die Dame nur kurz über den Stand ihres Aktiendepots unterrichten. Es dauert nicht lange." Bei diesen Worten stellte er eine schmale Aktentasche auf einen Stuhl und entnahm ihr eine grüne Mappe.

Mutti ging in die Küche, um das Geschirr abzuwaschen, ließ aber beide Türen etwas offen, was mich wunderte. Wollte sie heimlich zuhören? Tante Hermine bemerkte ebenfalls mit einem kurzen Blick, dass die Türen halb offen standen. Sie sagte nichts und schien sogar erfreut, denn ein kurzes, kleines Lächeln huschte über ihre Falten im Gesicht.

Der junge Mann zeigte meiner Tante einige Papiere und sprach mit gedämpfter Stimme über irgendwelche Dinge, von denen ich natürlich nichts verstand.

Ich vergaß diese kleine Szene schnell wieder. Beim nächsten Besuch, etwa zwei, drei Wochen später, wurde unsere kleine Kaffeerunde durch das Telefon unterbrochen. Meine Tante machte eine erfreute Miene und unterhielt sich lebhaft mit einer Person über etwas, was mit Gold und Autos zu tun hatte. Dann legte sie auf und seufzte erleichtert: „Das ist gerade noch einmal gut gegangen, Marion. Du musst wissen, der Markt ist gerade am Fallen." Mutti nickte mit dem Kopf und schien erfreut.

So ging das mehr als zwei Jahre.

Eines Tages klingelte das Telefon sehr früh am Morgen: Tante Hermine war am Abend von Onkel Hans tot in ihrer Wohnung gefunden worden. Alle Verwandten sollten sich am Nach-mittag bei ihm im Haus einfinden, um über die Beerdigung zu beraten.

Ich durfte zu diesem Familientreffen natürlich nicht mit-kommen. Mutti kam spät am Abend nach Hause und schimpf-te wie ein Rohrspatz über ihre Schwester, ihre Cousinen und Cousins und die alten Onkels und Tanten. Was die sich eigentlich einbildeten, wo sie selbst doch die einzige ge-wesen war, die Tante Hermine in den letzten Jahren so selbst-los beigestanden hatte.

Wie sich am anderen Tag herausstellte, als Tante Jutta zu uns kam, waren alle anderen Verwandten ihr genauso oft und gern behilflich gewesen wie Mutti.

Tante Jutta drängte darauf, den Rechtsanwalt, bei dem Tante Hermine das Testament hinterlegt hatte, aufzusuchen, um zu erfahren, wann die Testamentseröffnung sein konnte.

Zur Beerdigung von Tante Hermine durfte, ja musste ich mitkommen. Ich war inzwischen zwölf Jahre alt. Trauer empfand ich nicht, eher die Erleichterung, dass ich niemals mehr zu ihr in die Wohnung brauchte, um dort meine Nachmittage zu vergeuden.

Ich fand alles spannend, denn ich hatte nie an einer Beerdigung teilgenommen. Der Blumenschmuck auf dem Sarg und in der Kirche war überwältigend. Ich fragte mich im Stillen, was Tante Hermine wohl davon hatte, jetzt, wo sie tot im Sarg lag. Vielleicht konnte man das alles doch irgendwie mitbekommen? Schade fand ich, dass all die schönen Blumen dann auf dem Friedhof vergammeln sollten, wo niemand sie sah – oder nur wenige Spaziergänger vielleicht.

Eine Woche nach der Beerdigung kam der so lang ersehnte Termin beim Rechtsanwalt.

Ich habe Mutti nie so wütend gesehen wie an diesem Tag.

„Alles umsonst", schrie sie meinem Vater entgegen, als sie ins Haus kam, „die alte Hexe hat uns alle an der Nase herumgeführt, damit wir ihr helfen und sie unterhalten!"

„Was stand denn im Testament? Hat sie alles etwa der Kirche vermacht?"

„Viel schlimmer! Im Testament steht, dass sie uns allen, die wir uns so aufopferungsvoll um sie kümmerten, von Herzen dankt, dass es aber nichts Nennenswertes zu erben gibt, nur die goldene Uhr ihres seligen Mannes. Und die bekommt ein junger Schnösel. Der, der ihr regelmäßig die Lage der Vermögenswerte mitteilte, erbt sie!"

Mutti stampfte mit dem Fuß auf die Erde.

„Er ist der uneheliche Sohn von Jutta, von dem nie jemand etwas wusste. Jutta gab ihn als Baby zur Adoption frei, und Tante Hermine machte ihn, wie auch immer, ausfindig. Mit ihm hat sie die Pläne geschmiedet, um an uns Rache zu nehmen."

In dem Moment ging mir auf, was hier gespielt worden war, wie geschickt Tante Hermine alles eingefädelt hatte! Ich musste schrecklich lachen. Mutti und Vater starrten mich verblüfft an. Als ich nicht aufhören konnte, stimmten sie unvermittelt in das Lachen herzhaft ein.

Die Sammeltasse mit Blümchen und Goldrand, die Mutti sich als Andenken aus Tante Hermines Haushalt mitgenommen hat, steht heute immer noch auf einem Ehrenplatz in der Vitrine neben dem blaugemusterten Meissner Porzellan.

Die Wand

Sie lebten in einem kleinen Haus am Ende des Dorfes nahe dem Wald. Das Haus hatte einmal bessere Zeiten gesehen, jetzt war es heruntergekommen und ein wenig baufällig.
Sie wohnten schon über vierzig Jahre dort. Sie waren alt und durch ständige Auseinandersetzungen verbittert. Er konnte ihr nicht treu sein und beanspruchte stets alles Gute für sich. Mehrmals hatte er sie auch misshandelt.
Seit Jahren sprachen sie nur noch das Nötigste miteinander, wenn sie nicht erbittert stritten.

Eines Tages, als die Frau zum Einkaufen in die Stadt gefahren war, holte der Mann Ziegelsteine vom Hof, die dort in einer Ecke vergessen lagen. Er nahm die Maurerkelle und rührte Mörtel an. Mühsam mauerte er eine Wand quer durch den Hausflur.
Als die Frau schwer beladen nach Hause kam, fand sie die Haustür verschlossen. Auf ihr Klingeln hin öffnete der Mann nicht.
Sie ging zum Hintereingang, der direkt in die Küche führte, und trat ins Haus. Sie packte die Vorräte aus, verstaute sie und setzte Wasser für einen Tee auf.
Als sie im Bad ihre Hände waschen wollte, stand sie vor der unverputzten Mauer, die ihr den Durchgang in den vorderen Teil des Hauses versperrte.
Kopfschüttelnd ging sie zurück in die Küche, braute sich den Tee und trank erst einmal eine Tasse.
Langsam dämmerte ihr, dass diese Mauer eine neue grausame Gemeinheit ihres Mannes war.
Sie nickte bedächtig mit dem Kopf und überdachte die Situation. Dann ging sie, um ihr neues, alleiniges Reich zu inspizieren.

Gegenüber der Küche befand sich der Raum, den sie in früheren Zeiten als Gästezimmer benutzt hatten. Hier befand sich ein Waschbecken. Sie drehte den Hahn auf, rostiges Wasser floss heraus. Das ließ sie eine Weile ablaufen bis es klarer wurde. Gut so.

Im Zimmer befanden sich ein Bett und ein Kleiderschrank. Als sie ihn öffnete, kam ihr ein Haufen Kleider und Wäsche entgegen, all die Sachen, die ihr gehörten. Geld fand sie später auf der Küchenkommode. Gut so.

Sie konnte beginnen.

Den Abend verbrachte sie grimmig damit, ihre Sachen zu ordnen, das Bett zu beziehen und in der Küche ein wenig umzuräumen. Die Küche musste nun auch ihr Wohnraum sein.

Das einzige Problem war, dass sie die Toilette nicht erreichen konnte. Die war im Bad auf der anderen Seite der Mauer. Da musste sich eine Lösung für die Dauer finden, im Moment konnte sie sich mit einem Eimer behelfen.

In der Nacht konnte sie nicht einschlafen, das Bett war zu ungewohnt. Sie stellte sich vor, wie es auf der anderen Seite des Hauses wohl aussehen und zugehen mochte.

Ihr Mann behielt das gemütlich und gut ausgestattete Wohnzimmer, das geräumige Schlafzimmer und das moderne Bad für sich. Das sah ihm ähnlich, er hatte sein Leben lang immer das Beste für sich gewollt.

Wo aber wollte er kochen, abwaschen und seine Vorräte aufbewahren? Im Wohnzimmer stand zwar der große Kachelofen, aber auf dem konnte kein Kochtopf stehen. Er musste sich im Bad eine Küchenecke einrichten – oder das Wohnzimmer teilen, obwohl dort natürlich weder ein Wasseranschluss noch ein Abfluss vorhanden waren.

Bei diesen Gedanken kam allmählich Schadenfreude in ihr auf. Männer waren doch zu unpraktisch! Er überließ ihr den bei weitem besseren Teil des Hauses, wenn auch den weniger ‚prunkvollen' und erheblich kleineren.
Sie würde weniger Arbeit haben!
Sie würde es sich schon äußerst gemütlich machen!
Mit diesen Vorstellungen schlief sie endlich ein.

Spät am Morgen wurde sie durch lautes Fernsehen geweckt. Ihr Mann hatte den Apparat auf volle Lautstärke gedreht, um sie zu ärgern. Sollte er ruhig, sie hatte ‚Ohropax'. Wie aber konnte sie ihn ärgern?
Sie ging ins Dorf und kaufte eine fette Ente, das Lieblingsgericht ihres Mannes. Sie zerteilte die Ente, verpackte die meisten Stücke in Folie und fror sie ein. Lediglich einen Schenkel bereitete sie vor, würzte ihn und schob ihn in die Bratröhre. Als sich der Duft des Bratens so richtig entfaltete, öffnete sie das Küchenfenster weit, damit der Duft bis zu ihrem Mann drang.
In den folgenden Tagen nahm sie jeweils ein anderes Stück Ente aus dem Gefrierfach und briet es mit Kräutern, Äpfeln und Gewürzen. Sie malte sich jedes Mal aus, wie ihrem Mann der Duft um die Nase wehte und ihm zeigte, wie gut er es bei ihr gehabt hätte (obwohl sie ihm seit Jahren keine Ente mehr zubereitet hatte).

Mit der Zeit besserte sich ihre Laune zusehends. Sie blühte förmlich auf.
Auf den Fensterbrettern in der Küche und im Schlafzimmer blühten Blumen in Töpfen, draußen vor der Eingangstür zur Küche standen Kübel mit Lavendel, Rosmarin und Basilikum. Auch das Toilettenproblem hatte sie gelöst und einfach ein Klohäuschen gemietet und neben dem Fliederbusch aufstel-

len lassen. Eine alte Gartenbank war ihr von einem Bekannten geschenkt worden, die sie vor die Küche gestellt hatte.
Hier saß sie im Sonnenschein und strickte oder las.
Manchmal versuchte sie sich an einem Liedchen aus Kindertagen. Zuerst kam die Melodie krächzend, aber mit der Übung klang ihre Stimme von Tag zu Tag besser.
Nach und nach fand sie einen Frieden, den sie seit ihrer Hochzeit nicht mehr gekannt hatte. Fast sorglos lebte sie in den Tag hinein, ging ihren kleinen Besorgungen nach, wenn es gar nicht mehr zu vermeiden war, und gab sich dem Genuss der Ruhe und den Erinnerungen an ihre Jugendzeit hin.

Ihren Mann bekam sie selten zu Gesicht, er vermied es, in den hinteren Teil des Grundstücks zu kommen. Er gab es inzwischen auch auf, sie mit lautem Fernsehen oder anderem Krach zu stören, da er von ihr keine Reaktion auf den Lärm bekam.

An einem Nachmittag im Spätherbst hielt ein schwarzes Auto vor dem Haus. Schwarzgekleidete Männer und ein Polizist verschafften sich Zutritt zum vorderen Eingang. Etwas später holten sie einen Sarg, den sie auch wieder hinaustrugen.
Ihr Mann war also gestorben.
Der Polizist murmelte in der Küche sein Beileid und übergab ihr den Schlüssel zur vorderen Eingangstür.

Erst am nächsten Morgen betrat sie nach langen Monaten wieder das Wohnzimmer. Sie erschrak. Überall türmte sich Müll. Eine Ratte huschte unter das Sofa. Im Schlafzimmer sah es nicht anders aus, in Bergen schmutziger Wäsche lagen verstreut Flaschen und Bierdosen.
In den Räumen roch es unangenehm.
Sie sah einen Haufen Arbeit auf sich zukommen.
Aber sie war f r e i!

Inhalt

Neuanfang   5
Der Kritiker   9
Der Kommentar   11
Am Grab   14
Die Frau im Tempel   17
Die Begegnung   20
Gehasst – geliebt   22
Der „Schandfleck"   24
Die letzte Aufgabe   30
Lara   33
Ein ungewöhnliches Begräbnis   36
Dunkel und Schweigen   38
Lächeln   40
Selbstfindung   42
Die alte Frau und das Bettelkind   43
Regennacht   49
Angel in Black   51
Großmutters Geschichten   54
Im Krankenhaus mit ‚Eule'   56
Attentat   60
Mörderin?   63
Logo   65
Henriettes „Fall"   69
Blüten   72
Die Bullen kommen   73
Sein erster/letzter Tag   75

Stille	77
Nächtliches Telefonat	79
Monsteralarm	81
Flucht zum Mars	83
Schlafes Schwester	87
Erfindung der Nanonadel	88
Geburtsstunde	91
Mohrchens Verschwinden	92
Cora	96
Tom, der Kater	99
Der Goldfisch	101
C'est la vie	105
Das Testament	107
Die Wand	112